SV

Robert Schindel

Die Nacht der Harlekine

Erzählungen

Suhrkamp

Erste Auflage 1994

Satz: Hümmer, Waldbüttelbrunn
Druck: Freiburger Graphische Betriebe, Freiburg
Printed in Germany

Die Nacht der Harlekine

für Sabine Gruber

Kleine Geschichte des Verschwindens

Sie ist undeutlich geworden. Kann sein, daß ich sie noch sehe.

Der Amateurpoet und Profijournalist Leo Gager, ein vom Kopf her langsam verstummender Mitvierziger, kann sich, wie ich jetzt höre, dem Bedürfnis, eine Geschichte des Verschwindens zu schreiben, nicht entziehen. Mehrmals versuchte ich, der ich die Poesie seit Jahren professionell betreibe, diesem traurigen, stillen Menschen solch ein Bedürfnis auszureden.

Eine Geschichte des Verschwindens kann man nicht schreiben. Denn soll sie authentisch sein, muß sie gleichfalls verschwinden.

Mir ist das egal, sagt Leo, und er bedeckt mit der Hand seine Augen. Ich habe zwanzig Jahre lang Tatsachen in die Öffentlichkeit geschaufelt. Da ist alles voll.

Aber auch Rosa ist nicht verschwunden, sage ich. Und deine Geschichte mit ihr ist eine gewöhnliche Erfahrung.

Nein, sagt er. Dazwischen passieren Verschwindungen und häufen sich. Meine Geschichte des Verschwindens ist zugleich die Geschichte wachsender Würgungen.

Du solltest, sage ich, da du die Poesie lernen willst, dich an Geschichten heranmachen, die jeder schreiben kann, damit du am Allgemeinen das Banale abzuarbeiten lernst und dein Einzigartiges zum

Scheinen bringen kannst. Wir müssen miteinander auskommen. Du hast mich als Poesietrainer engagiert, um das Journalistische wegzukriegen. Jetzt führ dich nicht so auf.

Meine Geschichte, sagt Gager mit der Hand vor seinen Augen, muß das Subjekt der Geschichte zum Verschwinden bringen. Kann sein...

Ich springe auf: Schluß mit dem Zeug, Leo! Bis zum fünfzehnten August schreibst du mir die Geschichte von dem Mann, der seine Frau töten will und auf dem Weg zu seiner Schwiegermutter... Du weißt schon.

Muß ich diese langweilige Geschichte wirklich schreiben, Gottfried?

Und ob. In der Poesie kommt es darauf an, verwunschene Dinge zu packen, anstatt sich die Augen zu bedecken und rumzujammern.

Was ist, flüstert Gager, wenn aber Rosa getötet wurde?

Der Journalismus führt doch zu nichts, rede ich auf ihn ein.

Immer muß ich was in die Öffentlichkeit schaufeln. Leo steht auf und schaut auf mich runter. Also gut.

Fein, Leo, fein. Das mit dem Verschwinden, vielleicht kommen wir später darauf zurück. Jetzt bleib mir aber beim Subjekt. Subjekt, das ist Substanz, nicht wahr.

Nach zwanzig Jahren will ich wirklich weg von den Instanzen, Gottfried.

Gager geht mit seinen typischen, abgelebten

Schritten vom Ort unseres Zusammentreffens. Ich greif zur Zeitung: Ach ja. Es rennen soviel Poeten herum. Und ich versuch, aus dem auch noch einen zu machen. Ach ja. Poesie, wo bleibst du denn. In den Terminkalender schreib ich zum ersten September: *Das Verschwinden der Rosa Palota. Ein Würgritual.*

1. Gager und die öffentliche Erfahrung

Dieser Gottfried Aper gibt mir das Thema. Ich habe keine Ahnung, wie ich so eine gewöhnliche Geschichte zustande bringen soll. Birnbaum will seine Frau umbringen.

Vermutlich hat er in den Jahren einen Haß aufgestaut. Andrerseits stirbt ihm seine Frau weg, bevor er sie hinüberbringt, so daß er dasteht mit seiner Wut. Es bleibt ihm nichts übrig, als sie eingraben zu lassen. Der ganze Verein um die Ehe herum wird an ihm vorbeidefilieren, Krethi und Plethi werden ihn anpflauseln; die Schwiegermutter, die schon jetzt nach Pisse riecht, wird ihm vollends den Haushalt führen, denn sie wird hinfällig und muß dafür sorgen, ihre kleine Zukunft in die nicht und nicht weichende Gegenwart einzubringen. Das Ganze kostet einen Haufen, und die Wut steht da.

Aber wo ist Rosa?

a) Da ist Leo

Leo Gager hat es so weit gebracht, daß man in der Branche Hochachtung hatte vor ihm. Journalisten sind bekanntlich Leute, bei denen Zynismus und Alkohol ein natürliches Verhältnis miteinander haben; zwei Hände walten da und greifen so ineinander, daß sich wie von selbst Meinungen zu Tatsachen denaturieren. Denen ist außer der Phrase kaum etwas heilig, und sogar diese ist eine von ihnen häufig angeschissene Göttin, aber eine Göttin immerhin. Aber vor Gager hatten sie Hochachtung.

Leo war ein kleiner, mittelrunder Mensch. Er hatte eine unabsichtliche Karriere hinter sich. Er wollte Reisender werden. Schon als Jugendlicher wollte er sich andauernd in die Büsche schlagen, was fotografieren, was holzen, was missionieren, was pflanzen, fremdeln. Doch sein Gedächtnis war zu gut. Menschen, die sich viel merken, sind selten und kommen erst recht nicht ins Paradies. Denn zuerst kommt ihnen alles Fremde bekannt vor, danach ist wegen ihrer schnellen Merkfähigkeit das Lernen kein Prozeß, sondern bloß ein Schluck, schließlich ist nur das Unmerkliche wirklich und kann interessieren.

Gager hatte das Gefühl, einzig zwischen den Wörtern und in der Liebe seine mächtige Fremdsucht befriedigen zu können.

Jedenfalls brachte ihn sein Gedächtnis in die Meinungsbranche, und einmal dort, hielten ihn die Macher an Händen und Füßen in ihren Redaktionen fest.

Zuerst saß er in Bibliotheken und Archiven von neun bis eins und blätterte alte Zeitungen durch sowie Dokumentationen und Dossiers. Nachmittags setzten sie ihn in einen großen Ohrensessel, stellten Getränke und Brötchen auf seinen Schreibtisch und kamen ihn fragen. Er leistete Widerstand bloß in der Form, daß er sich weigerte, telefonisch Auskunft zu geben, denn wenn sie sich schon Archiv und Computer sparten, dann haben sie gefälligst daherzukommen und »wie gehts« zu fragen, bevor sie was wissen wollen.

Mit der Zeit wurde ihm das Herumsitzen im Ohrensessel zu fad. Angewidert las er die Artikel seiner Kollegen, denn es ging ihm nicht ein, warum jede von ihm erinnerte Tatsache in den Artikeln so zerfasert und mit anderen Tatsachen so vermischt wurde. Was die Kollegen noch an sogenannter Fantasie hinzutaten, verbitterte ihn vollends, so daß er sich entschloß, selber Artikel anzufertigen.

Dazu mußte er mehrmals die Zeitung wechseln.

Schließlich fand er in einer seine Spielwiese, und dort betrieb er das Ausbaldowern von Tatsachen und das Zusammenhängen von Interessen wie ein Botaniker.

Immer schon ist ihm die Politik zum Hals herausgehangen. Er warf sich auf Kriminalfälle, die ohnedies genug Politisches enthielten. Er wurde einer der bestinformierten Menschen in diesem Land, und da er sich zumeist persönlicher Stellungnahmen enthielt, ward er – um es journalistisch zu sagen – zum Gewissen. Doch eigentlich wußte

Gager, wie er wußte, gar nichts, denn es interessierte ihn kaum.

Wenn die Tatsachen für sich selbst sprachen, ward alles sehr grauslich, aber Leo Gager war nie auf die Idee gekommen, was anderes anzunehmen, als daß die Wirklichkeit selbst grauslich ist.

Ich schaufle Tatsachen in die Öffentlichkeit. Ich weiß daher, daß der Mensch eine Sau ist, sagte Gager zu Gottfried Aper am Beginn ihrer Bekanntschaft.

Und was wollen Sie? fragte der Poet.

Verschwinden. Zwischen den Wörtern. Wie Sie.

Wie ich? Ach so. Aha, wie ich.

b) Wo ist Rosa?

Der Geiger Birnbaum beschloß eines Nachts seine Frau umzubringen, da sie nicht bereit war, von selbst zu verschwinden. Er hatte ihr gesagt, hör zu, verschwinde, sie hatte geantwortet, warum denn, ich liebe dich doch, liebst du mich nicht, er hatte gesagt, klar liebe ich dich, was hätte er denn sonst sagen sollen.

So gehts nicht, dachte Birnbaum. Ich muß sie umbringen, damit sie verschwindet.

Warum verschwindet nicht er? denke ich und schreibe weiter:

Warum verschwinde nicht ich? dachte Birnbaum in derselben Nacht, da er beschloß, seine Frau umzubringen. Wie komme ich dazu? Da Birnbaum nicht einsah, selber zu verschwinden, kam er zu jenem Entschluß.

Sich selbst so gesagt, ist noch nicht wie getan. Man muß überlegen. Ich kenne etliche Fälle, da hat man den Mörder nicht erwischt, ich hol mir ein Bier. Doch das ist ganz uninteressant. Soll er sich erwischen lassen. Soll er selber verschwinden. Er hat eine Wut, die soll verschwinden. Dann soll er selbst verschwinden oder bleiben, das ist doch egal.

Birnbaum ist ein Geiger. Das heißt, er übt wo, geigt wo, dann geht er heim. Dort ist seine Frau. Wenn er geigt, ist er gespitzt und legt sich hinein ins Geigen. Wenn er aufhört, quatschen ihn alle möglichen an, bewundern ihn, klopfen ihm auf die Schulter, geben ihm Geld und so fort. Wenn er nicht geigt, steht er nur so da. Kommt er heim, ist er zu Haus, und es kommt das Essen, es kommt das Trinken, es kommt die Frau selbst. Nie ist sie fort, außer sie ist grad weg. Wenn sie weg ist, ist sie bei ihrer Mutter und hält ihr die Ohren hin. Kommt sie dann heim, redet sie dafür dem Birnbaum die Ohren voll. Er sitzt da und ißt und trinkt und hört, und wenn er die Augen zumacht und sie aufhört mit dem Reden, kommt sie spüren und tasten und greifen. Bald hat Birnbaum weder den Mund frei noch die Hände. Aufgescheucht von ihrem ständigen Dasein, beginnt er sie zornig zurückzustoßen, bis es ihm kommt. Ihr machts anscheinend nichts aus, denn sie schmiegt sich regelmäßig nachher noch eine Zeit an, aber da schläft er, und sie ist weg, bis sie in der Früh wieder da ist und so fort. Nach dem Frühstück geht er in den

Geigenkasten und macht die Tür zu. Nein, besser, er geht üben in ein Orchester.

Ich überlege. Ist es Rosa so mit mir gegangen? Gottfried hat von mir verlangt, eine Story zu machen, die nichts mit mir zu tun hat. Ich soll am Allgemeinen das Banale abarbeiten. Wie bringe ich diese Geschichte zuwege, da doch Rosa verschwunden ist? Ich kann doch keine Umkehrgeschichte schreiben. War ich zu Rosa wie Birnbaums Frau zu Birnbaum?

Als Leo die Rosa kennenlernte, war er so erfolgreich wie verzweifelt. Rosa Palota war eine quirlige dreißigjährige Lehrerin. Aus ihrer verklungenen Ehe brachte sie einen irritierten Achtjährigen mit, dessen Kämpfe um Rosa sich zum Zeitpunkt des ins Geschehen tappenden Gagers eher noch steigerten. Als Gager sie wahrnahm, hob er den Kopf und begann sich unter den Blicken Rosas als ganz anderer Mensch zu empfinden. Ohne nach rechts oder links zu schauen, überließ er sich sofort dieser Fremdheit. Wochenlang spazierte er neben der Lehrerin her, bis er sowohl die Stadt Fünfkirchen als auch die inneren Rituale eines gewissen Bela sehr gut kannte. Sein Gedächtnis zerstreute sich in die Weitläufigkeit einiger ungarischer Vergangenheiten, und die Verzweiflung schuppte ab.

Nach nicht ganz sechs Monaten zogen Rosa und Sohn Andras in die Gagerwüste und begannen sie zu bewässern.

Gager hatte keine Freunde, aber nun brachte Rosa einen bunten Hund nach dem andern, eine Szene in die Hütte, darunter auch Bela, mit dem sie anscheinend jetzt in einem klaren, wenn auch etwas abgekanzelten Verhältnis stand.

Angesichts dieser Frau wurden auch die Kollegen Leos lebendig, vor allem Mats Anderlein gestand dem stummen Gager, er hätte es nie für möglich gehalten, daß dieser ein Mensch sei.

Rosa verfügte über eine Rund-um-die-Uhr-Bildung; da sie viel und gern redete, konnte sie auch sehr merkwürdige Geschichten aus anderen herausholen. Dazu kochte sie, organisierte sie, gab sie sich, nahm sie sich, spielte sie sich, und die Schatten wichen. Gager fand sich erstaunt in seiner eigenen Wohnung auf neuen alten Teppichen liegend zwischen Räucherstäbchen, Teekulturen, Musik fremder Art, und er lachte.

Wenn sie zusammenlagen, Rosa und er, wurde es für Leo vielgestaltig, unumwunden, abgepreßt, linkshändig, bittersüß, ineinander zugleich verschwommen und bizarr, nichts glich sich, und alles war eins, und er lachte.

Erzähl mir von deinen Frauen, sagte Rosa.

Ich erinnere mich nicht, antwortete Leo.

Du und dein Gedächtnis, ihr zwei gehört wohl zusammen, sagte sie.

Wie Kain und Abel, sagte er, und er lachte.

So ging die Zeit. Andras wollte zu seinem Vater, Rosa wollte dies verhindern, etliche Monate ging ein Kampf hin und her, Leo hielt sich heraus.

Eines Tages gegen sechs nimmt Rosa den Mantel, beugt sich zu Gager hinunter und küßt ihn.

Adieu, Leo. Ich gehe. Ich komme nicht mehr. Und macht die Tür zu. Gager sitzt da zwischen den Räucherstäbchen und dem anderen. Er hält sich heraus.

Birnbaum spielte schön am Abend nach dem Entschluß, seine Frau umzubringen. Er ging ins Wirtshaus, trank was und schickte sich an, den Entschluß in die Tat umzusetzen. Aber daheim fand er bloß den Zettel: Mama ist krank, bin rasch zu ihr gefahren. Ruf mich an. Bussi. Lene.

Zu blöd, dachte Birnbaum. Die hat einen Riecher. Ich sitz vor der Schreibmaschine. Alles ist so entfernt, das Telefon läutet.

Schon von Rosa gehört?

Nein, Gottfried.

Kommst du in der Geschichte weiter?

Ich hab noch paar Tage.

Und sonst?

Ich weiß nicht.

Such sie doch!

Was?

Such sie. Vielleicht will sie gefunden werden.

Verschwundene kann man doch nicht suchen.

Doch, doch.

Verschwundene tauchen auf.

Ertrunkene tauchen auf, Leo, Ertrunkene.

Wahrscheinlich hat man sie getötet, Gottfried.

Komm komm, Leo!

Ich sitze vor der Schreibmaschine. Aber dann muß ich die Augen bedecken.

c) Die Geschichte Birnbaum

Kurz vor ihrem Verschwinden brachte Rosa eines Samstags den Literaten Gottfried Aper in die Gager-Hütte. Der las Gedichte des Paul Celan vor. Die Räucherstäbchen brannten, aber Gager hörte auf, sie zu riechen, denn er bemerkte entsetzt, aber beglückt, daß er entweder in den Versen des Celan oder jedenfalls in der Stimme Apers verschwand. Vor seinen Augen standen Riesen-Bilder, gastliche Gletscherstuben, Wanderstauden, Denkkiemen, Königsgeburten, jüngste Blätter, Stoßzähne und Sperrzauber, und Leo war innendrin. Nach der Lesung tauchte er wieder auf, das nahm er an; Rosa starrte ihm ins Weiße seiner Augen und murmelte:

Seltsam. Du magst Gedichte?

Das ist mir neu, antwortete er und wurde rot. Aper schaute rüber zu ihnen:

Pauls Gedichte, das ist eine Reise ins Sprachland. In unser aller Land. In Niemandes Land.

Sie haben recht, antwortete Gager. Ich versteh keine Silbe. Es ist wunderbar.

Ich habe geglaubt, sagte Rosa, ich kenne dich.

Es ist wunderbar.

Sie erstaunen mich, Gager, sagte Aper.

Schreiben Sie auch Gedichte? fragte Gager und hob seinen Kopf.

Unglücklicherweise. Gager stand auf:

Ich will welche hören.

Das läßt sich machen. Die beiden Männer vereinbarten einen Termin.

2. Aper und die Erinnerung der Erfahrung

Der Mensch Artur Birnbaum begann dunkel seine Geige zu streichen.

Apers Gedichte erschienen dem Gager im doppelten Geheimnis. Da saß ihm der knapp dreißigjährige dürre Mensch gegenüber, sprach über dies und das in einfacher, direkter Rede; das Hin und Her der üblichen brüderlichen Bedeutungen, die sich im Sinn stets zu bekriegen schienen, wich in Apers Rede einem fast einfältigen Dahertrotten von Einsnach-dem-Anderen. Diese Einfalt hatte, das merkte Gager sofort, etwas Kippiges, nicht Faßliches; eine entfernte Bedrohung kam noch aus dem heitersten Wortkringel herausgedämmert, dahingegen nach Gagers Erfahrung ansonsten die verwickelten Sprechbäume und Sprechwälder – häufig imponierend in Gehabe und Aufbau, pseudosachlich und verschachtelt – auf sich selbst hinwiesen und ihm ganz und gar banal vorkamen. Apers Rede aber war wie Gras.

Bei den Gedichten steigerte sich diese Klarheit und Bedrohung ins Unverständliche. Wiederum zog es Gager zwischen den Wörtern in eine unbekannte Landschaft, die mit seltsam wahrhaftigen Bauchherzen bevölkert war, vielstimmig schwieg, breite sowie scharfe Gebilde aus Gagers öffentlicher Erfahrung herausschnitt, wendete, drehte und zum Verschwinden brachte. Während sein Gehirn sich mehr und mehr befrostete, fiel ihm das Blut in den Bauch, und mit diesem mußte er ins Land der Niemande reisen, dort er stets vorfand, was er wußte, als seis das erste Mal.

Nachdem Aper einige Texte gelesen hatte, schlug er sein Heft zu, bestellte Kaffee und begann Gager auszufragen. Sie wechselten ein paar Mal das Lokal, begannen einander zu duzen, und Gager stellte fest, daß er den Literaten liebgewonnen hatte.

Birnbaum stand vor dem Spiegel und strich dunkel die Geige. Keiner hörte noch zu. Aber Lene rief an. Birnbaum solle übernächsten Tag zu ihr und ihrer hinfälligen Mutter fahren und unterwegs das und das besorgen.

Was fange ich mit der Geschichte Birnbaum an? Ich gehe fort in die Stadt. Was hat es denn für einen Sinn, Rosa zu suchen? Im Café Museum entdecke ich Mats Anderlein, gehe auf ihn zu und bitte ihn, meine Freundin Rosa Palota ausfindig zu machen. Ich hätte, sage ich ihm, mit der burgenländischen Sache genug zu tun und – wie er sich denken könne – auch nicht die Kühle und den Nerv für eine solch peinliche Recherche. Anderlein stimmt zu. Ich gehe wieder heim. Seufzend setze ich mich zur Maschine. Mir ist nicht leichter, obwohl das zu erwarten war. In dieser Nacht werde ich wohl die Geschichte Birnbaum niederschreiben.

Als Rosa verschwand, erzählte Gager seinem neuen Freund Gottfried Aper alles über seine Liebe zu ihr; er hatte keinen Schimmer, weshalb sie weggegangen war. Nichts deutete auf diese Tat hin. Es war immer alles wie sonst. Aper fragte den Gager nach Rosas Gewohnheiten und anderen Dingen aus, aber

Gager wußte alles und nichts. Gegen Schluß dieser Unterredung machte Leo Gottfried den Vorschlag, das poetische Verfahren bei ihm zu erlernen.

Die Welt ist voller Tatsachen. Ich bin angestopft mit Pöbel und Trödel. Ich will verreisen ins Ungefähre, dorthin, wo Platz ist und Fremde. Hilf mir beim Siedeln, Gottfried.

Ich kann dir Techniken beibringen, Disziplin, murmelte Gottfried. Nach längerer Überlegung machte er den Mund auf und fuhr entschlossen fort:

Denn das Phantastische wird durchsichtig und produktiv im knappen Kleid. Meide das Autobiographische, vor allem im ersten Jahrviert. Denn das schaut immer so aus, als wärs was, denn jeder hat doch gelebt und gelitten, nicht wahr. Aber es ist nichts, Geseire, lustig und traurig, Raunzereien sinds gegen bewußt gewordene Zwänge. Poesie, wo bleibt die denn?

Na eben, erwiderte Gager.

Ich kann dir Techniken beibringen, Disziplin, wiederholte Gottfried. Sonst nichts.

Dann los, sagte Gager und bedeckte mit der Hand seine Augen.

Die Rituale des Staatsanwalts

Eine eisige Oboe
Lallt wieder
In mir wird es
Abend. Und Trümmer
Die Tage

Quasimodo

Erstes Bild: Oh, là là

In einem kühlen Park im Norden Wiens kommen vier Leute dir entgegen, und du springst übers Messer. Was kannst denn du dafür? Du kamst aus dem Wirtshaus.

Donald kehrt dem Gasthaus den Rücken zu. Es ist September. Er ist mittelgroß, und dreiundzwanzig ist er geworden. Er hat etwas getrunken. Er hat etwas gegessen. Er hat vier Bummerl beim Schnapsen kassiert. Nun geht er heim. Er wird nicht heimkommen. Er wird getötet in einem kühlen Park.

Zweites Bild: Christl

Der psychologische Hintergrund von Christl, zwanzig Jahre alt, ist fundiert. Sie ist nie vergewaltigt worden. Die Ehe ihrer Eltern kaputt wie die meisten. Papa soff, Mama hurte heimlich. Bei vielen war nicht einmal das drin. Mit fünfzehn lag sie halt bei einem, der stank wie ein Fuchs. Während die Sonne unterging, flogen die Gelsen durch die Auen, und sein Zeiger stand auf halbsechs. Daher trillerte er die Wenn-und-aber-Oper, und sie lauschte gelangweilt dem Gebrabbel, und vorm Gesicht der Löwenzahn. Dann sprang er auf, schnockelte, schnüffelte, bekam plötzlich Wut auf sie, spuckte ihr auf den Bauch und ging. Sie blieb noch ein wenig liegen, Gelsen stachen sie. Das ist fünf Jahre her. Danach hatte sie ein paar fahrige und schwitzige Umarmungen. Im Grunde genommen hatte sie nichts gegen diese Jämmerlinge und ihre hinterfotzige Brutalität. Außerdem war da der Walter mit seinem Sortiment von Messern. Der Walter ist ihr Bruder.

Drittes Bild: Walter

An den Hüften zwei oder drei Messerchen, rostfrei, zwischen den Schenkeln die auffrisierte Puch mit dem Herrgottslenker.

Papa hat das Wirtshaus in Penzing. Seit Jahren hustet er und krächzt seine Morgengebete nur abends.

Im Namen der Republik:

Wenn wir uns finden wohl unter Linden

Walter zählt die Schamhaare von Christl. Das heißt, bis achtundfünfzig konnte er sehr gut zählen. Er hat außer Messern und der Puch noch den Ritsch. Ritsch ist drei Jahre älter als Walter und studiert Bauingenieur – dieser Chef.

Maschinen, sagt Ritsch, bewegen sich wie irr, und nix tut ihnen weh dabei.

Ja, sagt Walter wie blöde. Mein Ofen ...

Zet Be, sagt Ritsch und gibt dem Moped einen Tritt.

Fünfundsiebzig ohne Rückenwind, sagt Walter.

Bist kein Weh, sagt Ritsch.

Viertes Bild: Der Park

Dort ist das Gestrüpp, drüber hängt teilweise der Mond, welcher Gerechte und Ungerechte bescheint. Hinten der Tümpel, vorne das angeschissene Denkmal des Dichters, gestorben im Jahre Schnee. Wege, ganz naturbelassen, aus echtem Asphalt, ein Gequake von Fröschen, Kröten und so weiter.

Im Süden die Schule.

Im Norden die Ausfallstraße.

Im Westen Christl und Walter, Ritsch und Watschenkonrad.

Im Namen der Republik:

Friß die Krot du Frosch

Aus dem Osten kommt Donald des Weges, ein Mann ohne Zukunft.

Fünftes Bild: Oh, großes Statut

Ein gewisser Jude aus der Moldowanka von Odessa, welcher Novellen so schrieb, als hätten die Bäume Abend und Morgen im Haar und zornige Traurigkeit zum Geruch, beginnt eine Erzählung zu überarbeiten. Er schuftet, neunzehnhundertsiebenunddreißig kam er in ein Arbeitslager, in welchem er neunzehnhunderteinundvierzig verschied.

Oh, großes Statut der Kommunistischen Partei! Ich nage am braunen Bleistift. Es regnet schon wieder. Ich schreib über Vorgänge, doch da ich das »Warum« und »Wieso« aus mir selbst unverständlichen Gründen weglasse, kommen welche und sagen:

Der Zusammenhang mit der Herrschaft der Bourgeoisie unter den Bedingungen des Imperialismus ist nicht gestaltet, du Sau.

Warum und wieso, antworte ich schnell, dann sag ich nachdenklich: Das ist richtig, Genossen. Doch selbst, wenn ichs schriebe, na und? Vorgänge sind Übergänge, klar haben Leute ohne Perspektive keine Perspektive, außer der, die sie sich erkämpfen.

Im Namen der Republik:

Zwischentöne sind nur Krampf im Klassenkampf

Oh, großes Statut. Die, von denen ich rede, sind ohne Perspektive wie alle, die ihre Profession zufriedenstellend sich herzerflattern.

Ganz nette Rede, antworten sie mir lässig.

Ich red vom Exponat, ihr Dodeln, und zwar vom

Exponat einer typischen Alleinsamkeit. Ich red von den ins Ich geworfenen Ichlosen und nicht von denen, die zu wissen glauben, was gegen alles gewußt werden muß. Oh, großes Statut! Oh, großes Statut der Kommunistischen Partei. Lenin durchschaute übrigens angeblich auch das Lächeln der Karamasow, und das aus guten Gründen, ihr Katholiken.

Ich nage am braunen Bleistift. Verstehen wir nur, was die Pythagoreer für den ausreichenden Beweis jeder These gehalten haben?

Im Namen der Republik:

Patient! Was sehen Sie in diesem Dreieck?
Eine rechtwinkelige nackte Frau, Herr Hofrat.

Sechstes Bild: Der Watschenkonrad

Kaum macht er das Maul auf, kriegt er eine Watschen. Nicht ein Typ aus der Lichterstadt Wien, der ihm nicht spätestens beim Ansichtigwerden gleich eine gezündet hat. Aber keiner in der nächsten Minute wird sich später erinnern können, daß er jemals diesem Typen eine geklescht hatte. Es ist, als ob man einatmet.

Konni hat hundertzwanzig Kilo, Patschhände so groß wie ein Gelsenarschloch, seine Psychologie ist fundiert. Er kugelte bereits zwischen Häuserl am Roahr und Häuserl am Stoa und fickte sich selbst zwischen Steinen und Grillen. Oft hat er die Hitze und ihren Schweiß. Doch kaum erscheinen Menschen, beginnen sie unverzüglich seine Pausbacken abzuklatschen und treten ihn in den Schatten.

Mutti hält ihn, und Ritsch, der nicht blöd ist.

Im Namen der Republik:

Kumm, Brüderlein kumm
Laß deine Sorgen zu Haus

Weißt, bist wie eine Maschine, Konnie. Was du einsteckst, geht auf keine Kuhhaut.

Ich spürs nicht, wenns mich abtetschn, Ritsch, sagt Konrad und schaut ihn verhohlen an.

Im Namen der Republik:

Duck, you sucker!

Konrad geht in die Achte Gymnasium. Staatsanwalt werd ich, weißt, Staatsanwalt, Ritsch.

Komm in den Park, sagt Ritsch.

Siebtes Bild: Disneyland

Wir wollen sein ein einig Volk von Brüdern. Und Onkel Donald helfen aus jeder Gefahr. Jetzt und immerdar.

Da kommt er aus dem Osten. Saublatt, so ein Saublatt. Mitten im Park begegnet er Tick, Trick und Track sowie Christl.

Schau nicht so blöd, sagt Ritsch, und Walter mekkert. Paar Gelsen kommen vom Tümpel und stechen dem jungen Donald ins Genick.

Wie heißt, fragt der Staatsanwalt.

Donald. Laßts mich.

Im Süden die Schule. Im Norden die Ausfallstraße.

Im Namen der Republik:

Zack hmpf stöhn stöhn schluchz schluchz
jammer jammer

Achtes Bild: Ana kriagt imma des Bummerl

Sie zogen ihn aus: Schau Christl, das Gschirr.

Sie banden ihn an die Linde: Walter, das Messerchen.

Tut es nicht, sagt Donald, doch Staatsanwalt Konrad gibt ihm sechsunddreißig Watschen in der Minute.

Ladies first, sagt Ritsch. Christl nimmt das Messer und stichts dem Donald ins linke Ei.

Nicht, sagt Walter.

Doch, sagt Konrad.

Egal, entscheidet der Boß.

Im Namen der Republik:

... wohl unter Linden zur Sommerzeit

Her mit dem Messerchen.

Hier gschpürt er nix, verspricht der Boß und stößt das Messer in die Milzgegend. Donald brüllt wie ein Irrer. Nanu? Ritsch ist irritiert. Watschenkonrad entreißt ihm den Nusch und rammelt ihn Donald in die rechte Wange. Das Jochbein hielts aus.

Harter Knochen, sagt Walter und holt sich den Schwedenstahl.

Neuntes Bild: Jesus sei unser Gast

Oh, là là, sagten die Revolverjournalisten, unfaßbar, schrieben sie in ihren Zeitungen.

Willst auch deine Meinung über das jugendliche Kleeblatt dazurotzen?

Donald ist hin. Die vier sitzen im Gefängnis. Konrad schaut auf den Staatsanwalt wie auf eine Hex. Christl zählt Nacht für Nacht ihre Schamhaare, sie reißt dran herum. Walter läßt sich arschficken, er ist wie in Trance, sie nennen ihn Alice.

Ritsch murmelt aus dem Buch: Jesus sei unser Gast. Jesus sei unser Gast. Er tötet sich im Juni darauf, Ritsch, unser Schlaukopf.

Als Konrads Mutter starb, stand er kurz vor der Entlassung. Keiner gibt ihm nun Ohrfeigen. Er rennt rum in den Gassen. Die Welt ist verrückt.

Zehntes Bild: Mir gfallts, aber ich bin dagegen

Also Konrad, da du das liesest, was ist?

Wenn wir uns finden, wohl unter Linden / Friß die Krot, du Frosch / Zwischentöne sind nur Krampf im Klassenkampf / Patient, was sehen Sie in diesem

Dreieck? Eine rechtwinkelige nackte Frau, Herr Hofrat/Kumm, Brüderlein kumm, laß deine Sorgen zu Haus/Duck, you sucker/Zack hmpf stöhnstöhn schluchzschluchz jammerjammer/... wohl unter Linden zur Sommerzeit.

Aberaber! Aus dem Süden laufen die Schulkinder noch durch den Park. Gegen Norden sausen schon einsame Kerls in die Straßensperren der Gendarmerie. Aus dem Westen das Abendrot.

Hohes Haus meine Damen und Herren:

Rien ne va plus

Aus dem Osten kommst du und verweilst unter den Linden ein wenig. Dort finden sie dich, schenken dir eine Zukunft und halftern dich ab.

Im Tümpel neben verdutztem Gefrösch fanden die Siebengescheiten gleich neben dem Messerchen einen zerkauten, braunen Bleistift...

Hohes Haus meine Damen und Herren:

Zero

... so daß die Seele der Justiz in den Sommerhimmel wich. Es herrschte Aufwind, Kollegen.

Beilage Bruderherz

1

Als unser Böcklinmond dort oben stand, dort nichts ist als das abergläubische Blau in der Dezemberkälte, als er dort oben stand, nahm mich der Zeitgenosse hinein in sein punktiertes Jetzt.

2

Bruderherz, schrie er, es ist verdammt kalt, schon ist mein Stehkragen steif, verschmuddelt leb ich an mir vorbei. Hast Du Zeitungspapier, wir müssen uns anwärmen, denn wofür ist uns die Zeit ein Schattenstrich?

Uns ist die Zeit, diese unsre, diese verdammte Jetztundjetztzeit kein Schattenstrich, so sag ichs dir.

Nein? Was denn? Was denn?

Der Zeitgenosse schlug mich nieder.

3

Um diese Erfahrung verdammter, ritt ich südlich der Sierra in meine Heimatdörfer. Mamá kam aus den Häusern und brachte mir die Suppe. Die Weiber ließen mir ihr Weißes. Die alten Herren hatten weiter nichts als ihre Pfeifen zwischen den Zähnen.

4

Der Zeitgenosse hinauf zu unserem Mond mit den Schreien:

Laß mir den Rotz, da ich heule in den Träumen, nimm mir nicht... ich bin mir ferner denn je. Er wärmte sich überm Rauch der Zeitungen sein gebrochenes Handgelenk, seine Gebete hörte man weit hinunter.

Ich muß nun mein Antlitz herausnehmen aus dem Allerweißesten eines Weibes. Sie sieht, wie ich ausdruckslos ins Blau unser aller Dezemberkälte schaue.

Du unterbrichst den Kuß, mein Freund, fragt sie erstaunt.

5

Ich ritt südlich der Sierra zurück zu meinem Bruder.

Kann sein, Zeitgenosse, kann sein, daß die Zeit ein Schattenstrich ist. Laß uns einen saufen gehn, gleich geht der Mond unter, erinnere dich.

So ist es, keucht er. Zwischem gelebtem und erlebtem Jetzt, immer drüber hinaus müssen die eignen Schatten sein. Im punktierten Jetzt, glaube es mir, da bleibts dunkel, da ist gekrümmter Raum. Stell den Stehkragen auf, sagt mir mein Gefährte.

6

Schwarzlicht, denke ich, verdammtes Schwarzlicht.

Als er gestorben war, Stunden hatte es gedauert, bewege ich die Lippen im stummen Gebet.

7

Der Große Grieche sprach: Der Seele ist das Wort eigen, das sich selbst mehrt.

Diesen Text spreche ich bei dieser Kälte, da mir der Fremde wegstirbt. Zurück wollte ich nicht mehr reiten. Verhaßt ist mir der Weg, und unser Böcklinmond steht dort im Tintenblau.

Sturz in die Zukunft

Wenn die Macht
Der Vereinigung aus dem Leben
Der Menschen verschwindet, und die
Gegensätze
Ihre lebendige Beziehung und Wechselwirkung
Verloren haben und
Selbständigkeit gewinnen,
Entsteht
Das Bedürfnis
Der Philosophie.

Georg Wilhelm Friedrich Hegel

Erster Teil: Die Tagung

Cap. 1

Der Hegelphilosoph Franz Landau klopft sich aufs Gesäß, spürt die Brieftasche, dann wirft er die Wohnungstür zu. Als er vor seinem Auto steht, komm ich daher und sehe, wie er sein eigenes Auto anstarrt.

Stell dir vor, Schweigermeier, sagt er zu mir, nachdem ich ihn aus dieser Betrachtung aufgeschreckt habe, da streit ich eben mit Sonja, hau ihr in aller Ruhe eine aufs Aug und bin dabei so verwirrt, daß ich Auto- und Wohnungsschlüssel liegenlasse.

Schlimm, sage ich, klopf ihm auf die Schulter. Mein Auto ist selber hin, ich wollt eigentlich mit dir mitfahren. Da denk ich, fein, du bist noch da, na siehst du, so ist das.

So, so, dein Auto ist hin. Landau schaut mich an, erschreckt starre ich in den Gram, der aus seinen Augen kommt.

Ach was, sage ich. Irgendein Lutschker ist mir in den Parkplatz hineingerasselt, in dem schon seit Stunden mein alter Trottel gestanden ist. Was willst machen.

Na, dann eben nicht, antwortet Landau. Gehen wir.

Oben öffnet sich ein Fenster. Landaus Frau Sonja ruft etwas von Schlüsseln herunter. Landau legt den Kopf in den Nacken, die Hände um den Mund:

Geh scheißen!

Nimmt mich beim Arm, und wir gehen.

Ich bin auch ein Hegelphilosoph, und ich gehe an diesem frühen Oktobertag mit Landau zur Tagung der hiesigen Hegelfreunde. Wir haben heute einen deutschen Gast, eine rechtshegelianische Urwuchtfigur, ein Schmuckstück, dessen Ansichten man sonst bloß noch in Aufsätzen um das Jahr achtzehnhundertsechzig findet. Er heißt Kornteufel und ist Professor an der Universität zu R. Wir kommen zu spät, die ganze Blase dreht sich um, als wir hereinkommen. Der alte Affe Bergfeld unterbricht seinen Abwaschzettel auf Kornteufel, zeigt auf uns hin, und bevor wir uns noch hinsetzen können, sind wir schon vorgestellt.

Cap. 2

Da sitzt er, der Gustav Schweigermeier, ein Sieger. Aber ich bin wieder einmal zu feig, ihm zu sagen, er soll seinen Sauschwanz aus der Sonja herausnehmen. Das hab ich nun von meinem liberalen Getue. Dem Kornteufel muß ich ein Gesicht machen, meiner Frau mach ich ein Gesicht, dem Bergfeld ebenso und allen, die mir unterkommen. Ich habs satt.

Ich beuge mich zur Seite und sage leise zu Schweigermeier:

Gustav.

Ja, flüstert er.

Wie lange wird das noch dauern?

Schau ihn dir an, sagt er. Er wird ermüden. Dann.

Die beiden Philosophen sitzen und hören zu. Kornteufel sagt Sachen, daß der hiesigen Hegelgemeinde der Kopf blöd wird. Dieses Fossil besitzt einen schweren auseinandergetriebenen Schädel, auf dem sechsundvierzig Haare peinlichst durch einen Strich in je dreiundzwanzig auseinandergebürstet sind. Seine Stimme kommt durch kalkige Bronchien bedrängt seltsam knarrend aus seinem Brustkorb, in dem ein Hammelkopf Platz hätte. Wenn man ihm zuhört, könnte man dem Stalinschen Philosophielexikon zustimmen, wo es heißt, Hegel sei ein reaktionärer, deutscher Idealist und Wegbereiter des Imperialismus gewesen. Im Unterschied zu den heutigen Hegelgscheitköpfen, die ihn ohnedies nur mit mehr oder weniger durch anderthalb Jahrhunderte Gewachsenem unterfuttert herauspräparieren, ist dieser Faschist eine echte Gaude. Schweigermeier freut sich schon auf die Diskussion.

Da spürt plötzlich Landau, wie ihm der Kopf zwischen die Schultern fällt. Der Bauch wuchtet heraus, die Hoden schmerzen, das Glied liegt verringelt am Grunde und schwitzt, der After ist auf suspekte Weise halbverklebt, und aus dem Mund kommt ihm ein entsetzlicher Muli.

Äußerlich ist ihm nichts anzusehen. Bloß ich, der ich als Poet im Inneren zu sitzen habe und meine Horchlappen in sämtliche Breie tauchen muß, bemerke entsetzt, daß Landau in die Zukunft abzustürzen droht. Ich überlege, wie einzugreifen ist, da wendet sich der gequälte Landau vom Gesicht Kornteufels ab.

Kollege Kornteufel, sagt Landau ruhig. Verzeihen Sie die Unterbrechung.

Kornteufel zuckt mit dem Kopf, als wäre er soeben aus seinem eigenen Vortrag aufgewacht, schaut um sich.

Wer unterbricht mich, fragt er.

Eine seltsame Stille liegt über der Tagung. Schweigermeier wendet sich Landau zu.

Franz, flüstert er.

Kollege Kornteufel, sagt Landau. Verzeihen Sie die Unterbrechung.

Landau spricht nicht weiter. Der Vorsitzende Bergfeld starrt abwechselnd auf Kornteufels und Landaus Schädel.

Ist dir nicht gut? fragt Schweigermeier.

Kornteufel wirft beiden den preußischen Monokelblick zu, räuspert sich und will weiterreden.

Nein, läßt sich Landau vernehmen. Reden Sie endlich zur Sache, Kollege Kornteufel. Mich interessieren Ihre Weiberärsche nicht, Kornteufel. Das Thema lautet: Hegel. Selbst Ihre Behauptung, daß polnische Zigeunerinnen quergeschnittene Scheiden hätten, interessiert mich nicht und entspricht nur insofern der Wahrheit, als Doktor Mengele sie in Auschwitz womöglich quergeschnitten hat.

Kornteufel vergrößert sich mit der Hand den Horchlappen.

Was sagen Sie?

Landau schnippt mit der Linken:

Alter Steiger. Steiger mag ich nicht. Alte Steiger schon gar nicht. Faschistische, alte Steiger sind mir ein Greuel. Hegelsche, faschistische, alte Steiger sollen nach altem Herkommen behandelt werden: eine Mauer, sechs Mann und ein Trommler. Reden Sie über Hegel!

Kornteufel wird blaß. Plötzlich bumst er mit dem Kopf aufs Pult. Die hiesige Philosophenblase beginnt zu blubbern, alles springt in die Höhe.

Ich bin Arzt, schreit ein Hegelianer und rempelt die Philosophen aus der Bahn.

Landau blickt auf. Er flüstert zu Schweigermeier:

Was ist da für ein Radau? Schweigermeier antwortet tonlos:

Kornteufel ist zusammengebrochen.

Ah so, sagt Landau. Hat der alte Herr seine eigene Müdigkeit überwunden? Naja dann. Gemma essen. Mir knurrt der Magen.

Cap. 3

Bergfeld rennt im Zimmer auf und ab.

Ich gebe den Vorsitz ab, wenn du nicht ausgeschlossen wirst. Ich grinse:

Warum willst du mich ausschließen? Schau, Emil, es war ein Anfall von sporadischer Traurigkeit. Aus Erfahrung weiß ich, daß ich so einen Anfall bereits bei den ersten Anzeichen abfangen muß.

Ist er besoffen? Bergfeld wendet sich an die Assistentenschar.

Das ist es, sagt Schweigermeier. Schon in der Früh war er so betrunken, daß er die Schlüssel daheim hat liegenlassen.

Das macht uns den Kornteufel auch nicht wieder lebendig.

Reg dich doch nicht auf, Emil, sage ich weiter grinsend. Wir haben dieses Urviech unproblematisch erlegt. In der ganzen Hegelwelt wird man uns einen Lorbeerkranz flechten. Du als Präsident kannst doch nur froh drüber sein.

Meinst du wirklich? Bergfeld bleibt wieder stehen, rastlos, ratlos, unbewehrt.

Sicher, sage ich und winke müde ab:

Hegelschändern gehört das Maulwerk gelegt. Wenn sich der Betreffende selbst dazulegt, ist das seine Sache.

Bergfeld steht da, runzelt die Stirne, schaut in allerlei Gesichter. Die Starre läßt nach, dennoch mahlen seine Kiefer.

Warst du wirklich betrunken?

Dieser Schweigermeier, denke ich. Dieser Sieger.

Emil. Ich war traurig. Was spielt denn das für eine Rolle.

Zweiter Teil: Die Nächtigung

Diese schwierige Identität mit sich als vollzogenes und begriffenes Subjekt, dessen Substanz ein tätiges Ich ist, ergibt sich, wie soll ich sagen, meine Damen und Herren, quasi über eine Differenz von sich zu sich.

Landau blickt auf die sommerliche Schar seiner Zuhörer, hier auf einer jugoslawischen Insel. Sonja will von dieser Differenz wissen zwischen sich und sich, aber unbehaglicherweise findet sie bei Hegel nichts, was sie persönlich angeht.

Diese Differenz – eine Art Widerspenstigkeit in sich – zur Identität gehört dieser an, und ohne diese kann bloß von leerer Identität die Rede sein, also diese Differenz als Voraussetzung und Resultat der Einheit des Subjekts mit sich, diese Differenz also...

Herr Professor Landau. Sonja steht auf und starrt auf ihre Skizzen.

Ah ja?

Herr Professor, was enthält eigentlich diese Differenz?

Franz Landau schaut auf diese Hübsche. Mordsfigur, denkt er.

Diese Differenz – ich sags unverhohlen – ist angefüllt mit Schmerz, Leid, Einsamkeit, Wermut.

Sonja nickt, sagt noch: Verzeihung. Muß diese Differenz von jedem Subjekt, sofern es sich tätig auf den Begriff bringen will, durchschritten oder erlitten werden?

Landau schaut verblüfft zu dieser Fragerin hin.

Es handelt sich hier um die Selbstbewegung des Subjekts, antwortet er rasch, aber nicht unbedingt um das, was den einen oder andern persönlich interessiert.

Da ruft Schweigermeier: Herr Professor Landau! Diese Antwort gilt nicht!

Jetzt schaut Landau auf seinen Studenten.

Doch, sagt er leise. Das gilt, insofern das Bedürfnis zur Philosophie diese nicht erledigt, wenn man glaubt, mit sich im reinen zu sein. Das Problem der Philosophie beginnt dort, wo die Psychologie glaubt, es gelöst zu haben. Noch Fragen?

Applaus der Sommergäste.

Landau geht in Richtung Hotel. Man riecht das Meer. Er sieht sich um.

Einverstanden, sagt Sonja, dann schließt sie die Augen, während Landau zwischen ihren Brüsten liegt und einatmet, seine Hände an ihren Lenden. Er geht rein in sie, sie geht rein in ihn, das Meer plätschert, ruhig ist es.

Franz, sagt sie.

Sonja, sagt er.

Kopfüber stürzen beide in ein ganzes Jahrfünft.

Cap. 2

Willst du Assistent bei mir werden, Gustav? fragt Landau den Schweigermeier. Dieser nickt. Landau freut sich. Dann schreib endlich die Dissertation fertig.

Tja, jetzt werd ich Assistent bei deinem Mann, sag ich zu Sonja. Sie legt beide Hände auf meine.

Gustav! Das freut mich für dich.

Wie gehts dir denn so? Wir sitzen in der Mensa.

Gut gehts mir, Gustav. Und dir?

Reinen Gewissens lügen mich alle an. Das find ich beschissen. Dich find ich auch beschissen, sonst kann ich nicht klagen.

Und erschrecke. Aus ihren Augen schaut der Gram heraus.

Bitte Gustav. Wieso bin ich beschissen?

Rumpeldipumpel machts mir im Brustkorb. Verärgert bemerke ich meine dünne Stimme:

Sonja, dein Fehler heißt Landau.

Sei nicht so direkt, du. Mitten in der Mensa küßt sie mich rasch auf die Nase.

Komm zu mir, sag ich und durchfurche ihre Haare.

Nicht gleich, sagt sie. Aber der Gram ist ihr hinter die Augäpfel gekippt.

Cap. 3

Was ich nicht versteh, Frantischek, sagt Sonja zu Landau, ist dies: Einerseits gibt die Philosophie dir in die Hand, den Studenten beizubringen, wie Hund und Katz zusammenkommen, also Denken und Handeln, Gegenstand und Begriff oder wie immer. Andrerseits – Sonja zieht sich das Leiberl über den Kopf – bist du so zu. So zu.

Was heißt, ich bin zu, sagt leise Franz Landau zurück. Sonja steht vor ihm.

Zieh dich aus, verlangt sie.

Ein Lächeln zieht ihm den Mund in die Höhe. Er streift sich seine Kleidung herunter, steht vor Sonja und grinst.

Bleib so stehn, sagt sie, geht zur Musikanlage, schaltet sie ein.

Landau lächelt weiter. Alles nach Plan, spricht er seinem Herzen zu.

Da kommt ein deutscher Sänger in seine Ohren. Nackt vernimmt Landau verdattert, wie ihm aus der Konserve einer hinsingt:

»Du bist so häßlich, daß ichs kaum ertragen kann.«

Landaus Bauch wuchtet nach vorne. Sonja stellt den Tonarm auf Nichtkontakt.

Ich hab einen Freund, sagt sie. Du hast die Philosophie, sagt sie. Und ich hab einen Freund.

Fein, sagt Landau, nachdem es eine Zeit still war. Gut. Endlich. Wo ist meine Unterhose?

Du bist so zu, sagt Sonja, pfeffert ihm die Hose hin und rennt aus dem Zimmer. Da liegt sie die halbe Nacht und weint. Er liegt in seiner Hälfte des Bettes und raucht und kann an gar nichts denken, aber das denkt er.

Ich bin zu, denkt er schließlich. Wer ist ihr Freund, denkt er.

Dritter Teil: Nächtlicher Tag

Nein, sagt Landau. Ich scheiß euch was. Wenn ihr über Ästhetik was lernen wollt, dann lest die Ästhetik von Hegel.

Die Studenten halten still und hören sich das an. Landau spricht leise weiter:

Das war meine letzte Vorlesung.

Cap. 1

Ich bin offen, sagt Landau zum Arzt.

Ich bin nicht Ihr Arzt, Landau, sagt der Poet.

Sie sind der Poet? Um so besser.

Der Arzt kommt hinter dem Rücken des Poeten hervor:

Wie gehts uns so?

Ich bin offen.

Wissen Sie, Herr Professor Landau, seufzt der Arzt. Was wir seit drei Jahren wollen, ist, daß sie sich schließen.

Wieso? flüstert der Poet.

Ich meine, daß Sie sich anziehen, Herr Professor Landau. Zippverschluß hinauf. Diesen erigierten Penis nicht öffentlich durch die Anstalt tragen. Nicht immer nach Ihrer Frau rufen. Herr Professor, bitteschön, reinigen Sie sich Ihren After selbst.

Ich bin offen, Herr Doktor, antwortet Landau. Diese von Ihnen mir seit drei Jahren vorgehaltenen Äußerlichkeiten, Herr Doktor, was spielen die eigentlich für eine Rolle?

Cap. 2

Jetzt haben Sie ihn gesehen. Der Arzt zuckt die Achseln. Sie sind Schriftsteller, nicht wahr? Ich komm kaum dazu, was zu lesen, aber andrerseits sind Sie, wenn ich recht informiert bin, doch jetzt der Mann seiner Frau? Zigarette, Herr Schweigermeier? Was meint er mit dem ständigen »ich bin offen«?

Ich habs eben erst gehört, sage ich.
Ich hörs seit drei Jahren.

Cap. 3

Was weiß ich, sag ich zum Arzt. Sie sind der Arzt. Sonja sagt:

Irgendwann kurz vorm Bruch hab ich ihm vorgeworfen, daß er so zu sei. Ich habs so hingesagt, damals.

Tja, gnädige Frau. Der Arzt schaut uns beide an. Wissen Sie, er ist wirklich zu. Er ist einfach zu.

Cap. 4

Angefüllt mit Schmerz, Leid, Einsamkeit, Wermut, sage ich unverhohlen, wer sitzt mir auf der Leber? Wer raubt mir die letzten Sonnenstrahlen. Sonnenstrahlen. Sonja! Kornteufel, brüllt Landau. Schneid sie nicht quer. Schneid sie nicht quer.

Zwei Pfleger kommen, schauen und lächeln abwehrend, bald schläft er ein.

Wenn er schläft, versteht man ihn grad so schlecht, wie wenn er was gesagt hat.

Bevor ich mit Sonja weggehe, kommt einer der beiden bei uns vorbei.

Er hat nach Ihnen verlangt, sagt er zu meiner Frau.

Danke, sagt Sonja. Wir gehen.

Weißt du, sagt sie zu mir, ich glaube, Franz ist in der Zukunft gelandet.

Was? Ich bleibe abrupt stehen. Mit mir, Frau Landau, machst du das nicht. Mit mir nicht. Sonja nickt:

Mit dir nicht, Gustav.

Außer Reichweite des Narrenturms geb ich ihr eine Ohrfeige.

Pfui, sagt sie zu Schweigermeier. Philosoph und Poet dazu.

Daheim angekommen, gibt sie ihm die Ohrfeige zurück.

Commedia dell'arte

Ich tadele die, die den Menschen
Preisen, ebenso
Wie die, die ihn
Tadeln, und wie die, die ihn zu
Zerstreuen trachten.
Nur die kann ich
Anerkennen, die
Stöhnend suchen.

Pascal

I

Kasperl saß lange unterm Baum, welcher neben dem Straßengraben der Bundesstraße emporgewachsen war, und hielt sich den Bauch vor Schmerzen. Eben wurde er über die Breite der Straße gewirbelt, verstört blieb der Autofahrer stehen. Die Sonne tauchte ins Wolkengebilde. Kasperl nahm die Dämmerung wahr, der Schmerz fuhr ihm unters Hemd. Ich stand mit meiner Geliebten in der Nähe, denn ich war von Anfang an dabei und hatte nun auszuharren. Die Geliebte legte mit der Geste des Mitleids ihre Finger in meine Hand. Kasperl hielt sich den Bauch und jammerte:

Was ist denn mit dem Himmel, der grinst wie ein Hai oder wo ist die kühle Brise?

Denn die Gegend war ländlich. Kasperl neigte sich hin zur Erde und biß in das Gras. Inzwischen war der Abend gekommen. Von weitem heulten Hunde und schrien Katzen.

Der Sanitäter, hinterdrein der Arzt, sprangen bereits aus dem Wagen.

Kinder, jetzt kommt der Hippokrat, murmelte Kasperl und sah ins Publikum.

2

Ich nehme die Mittellinie zwischen die Räder und fahre nach Hause. Elisabeth summt etliche Mal eine mir sehr vertraute Melodie. Auch legt sie ihre Hand auf meinen Oberschenkel. Die Großstadt ist bereits sichtbar. Angekommen, nehmen wir beide ein Bad, und dann lieben wir uns zweimal. Mir fällt auf, daß mein Fleisch diese gewisse Kälte nicht verträgt.

Die Zehe bleibt kalt, sagt da Elisabeth und dreht mir empört den Rücken zu. Mir steigt eine Traurigkeit auf, als wäre jedes Tun von Lächerlichkeit durchzogen. Übermorgen schon muß ich in eine andere Stadt fahren, denn woanders als in meiner Vaterstadt sind ich und meine Gedanken gefragt, so daß mir seit einiger Zeit fremde Menschen Einladungen schicken und Geld für Vorträge bezahlen.

Ich betrachte den Rücken meiner Geliebten, und in einer plötzlichen Anwandlung klopfe ich an.

Ach, du, murmelt sie schläfrig.

3

Kasperl sitzt auf der Bank und blickt in die sich verfärbende Luft. Er ist seit zwei Wochen aus dem Krankenhaus raus. Die Sonne verschwindet hinter den Häusern, die er im Blick hat. Hinter seinem Rücken prallt ein kleiner Bub gegen einen Lastwagen und stirbt auf der Stelle. Das geschriene Weinen der Mutter erweckt sein Mitleid, so daß er aufsteht und wortlos den Schauplatz verläßt. Zu Hause angekommen, holt er das hundertjährige Krokodil unterm Bett hervor und jagt es in die Kulissen.

Aus dem Fenster winkt er mir zu und verdunkelt sein Zimmer.

Der Spazierstockjohnny

1

In dieser mistigen Stadt an der Donau ging ich oft nachts in den Süden Bier trinken, und ich redete mit den Leuten. Im Süden umarmte ich Beatrix zwei- bis dreimal die Woche. Ach, damals war ich sechzehn Jahre.

Leopold, ein Bier, sagte ich zum Ecknwirt am ersten Donnerstag meiner Geschichte. Alabaster war bereits besoffen, als der Laabergraunzer eintrat. Ein Arschloch gab das andere. Da flogen die Biergläser, sie nahmen mich mit. Ich ging aufrecht zur Wachstube.

Revierinspektor Raucherzeh begann in mich hineinzufragen, statt dessen spielte ein Lächeln um meinen Mund. Raucherzeh schlug mir aufs Maul, ich blieb stehen, wo er mich hintraf, und spielte mit meiner Blonden, die bloß fünfzig Meter die Straße weiter sicherlich hinterm Fenster durch den Vorhang herausschaute. Raucherzeh und seine Leute wollten mich hin- und hertreten, aber ich stand wie ein verträumter Klotz, und nichts brachte mich weg von dort.

Alabaster blieb der Mund offenstehen, sein Rausch verflog. Da griff Raucherzeh nach Alabaster, in der Mitte des Raumes gab er ihm Kopfstückln.

Wie heißt der Kerl, Sie Bsuff! Sag mir den Namen

dieses Herrn, wirds! Laabergraunzer antwortete statt Alabaster und sprach:

Wir nennen ihn Spazierstockjohnny. Raucherzeh gab ihm eine Maulschelle.

Hach, haun Sie mich nicht, was haun Sie mich, immer wird ghaut am Laaberg. Hach, ich mag nicht mehr ghaut werden. Inspektor, hach hauns die Leut nicht!

Raucherzeh gab ihm noch eine Maulschelle, derweil ging ich aufrecht aus dem Wachzimmer.

Leopold erzählte es straßenweis weiter, aber ich herzte Beatrix bis in die Früh. Wir liefen dann hinauf und hinab den Laaberg. Die Wachmänner verkrochen sich und umrundeten bisweilen die Litfaßsäulen.

2

Ich war sechzehn, aber im Süden der Stadt trank ich mein Bier bei Leopold an der Eckn, und die Herrn Wirtshausraufer machten mir Platz, die Marktfrauen erzählten ihren Hausmeistern glühend von Spazierstockjohnny. Unlängst – Beatrix war seit einigen Tagen abgängig – traf ich Raucherzeh bei der Trafik.

Hallo, Inspektor Raucherzeh, was schleichen Sie da so herum in Ihrem Revier, ich wünsch Ihnen einen guten Abend.

Alabaster, um die Ecke, legte sein Ohr an die Hauswand, als Raucherzeh hervorkam: Hallo Spazierstockjohnny.

Sagen Sie, Herr Revierinspektor, warum haun Sie denn so herum? Raucherzeh fuhr mit der Hand zur Brust:

Spazierstockjohnny, verstehen Sie mich. Ich muß dreinhauen, sonst raufen die Leute von früh bis spät, ohne daß denen jemand in den Arm fällt. Sehen Sie nur meine Hände an.

Sie waren mir zugewandt, hart und verschrammt. Der Inspektor fuhr fort:

Beim Raufen, Spazierstockjohnny, muß den Leuten RAUCHERZEH einfallen. Auch im Süden der Stadt muß sich das Gesetz durchsetzen. Im Norden bei Hahnemann sind die Fuhrmänner und Fährmänner von ihm und seiner Mannschaft schon ziemlich abgewatscht worden, die raufen jetzt bloß noch unter Wasser, da hört der Hahnemann weg. Im Westen bei Streckengaul stänkern die Straßenbahner und Schleusenwärter im Flüsterton, dann gehns ohne Übergang zu die Messer über, da kann der Streckengaul kaum was machen. Nur im Osten bei Bammerl und da bei mir muß dreingehaut werden, daß die Funken spritzen. Beim Bammerl raufen die Selbstmörderfischer und die Tierverwerter mit Ketten. Der Bammerl hauts aus der Wachstube mit nassen Fetzen, bei klarem Wetter können Sie das bis daher hören.

Raucherzeh äugte zu mir herauf. Da mußte ich sehr freundlich auf ihn draufschauen:

Herr Revierinspektor, man muß aufrecht gehen, nicht gespreizt, aber eben auch nicht auf dem Boden schleichen. Man kann das lernen, falls man um den Mund herum lächeln kann.

Raucherzeh winkte – vorsichtig – ab:

So eine aufrechte Haltung hält meine Ziegelbrenner und Kartenbändiger nie im Leben zurück.

Nein, Sie mißverstehen mich ganz und gar. Den Leuten muß man so eine Haltung beibringen und vorführen.

Raucherzeh starrte mich an.

Sie, Spazierstockjohnny, möchten Sie womöglich, daß überall, wo zugeschaut wird, die Leute sich beim Raufen wenigstens gradhalten sollen?

Wozu sollen Sie denn raufen, wenns aufrecht gehen und um den Mund herum lächeln können?

3

Raucherzeh schwieg. Alabaster, um die Ecke, hielt den Atem an, das hörte ich. Da prustete er auch schon los, behend eilte Raucherzeh zu ihm hin:

Was ist los, Alabaster?

Tschuldigen, aber den Ziegelbrenner möcht ich mir anschauen, der um den Mund herum... Alabaster wie ein Narr: Ein lächelnder Ziegelbrenner.

Damals lachte sich Alabaster einen Ast, und bald lachte es im ganzen Süden und bei Bammerl im Osten, im Norden bei Hahnemann, und sogar im Westen hörte man ein rostiges Grinsen. Streckengaul kudderte seit zwanzig Jahren zum erstenmal herzhaft und das minutenlang.

Im Zentrum hob Vizeoberrevierinspektor Seidler irritiert die linke Augenbraue und schnarrte seine Unterkonsorten an:

Was ist denn in den Stadtecken los? Geh Hirnschrott, was spielens denn heute im Fernsehen?

Hilfswachmann Hirnschrott warf einen Blick auf die schwarze Tafel: Nix, das heißt, oja, aber nichts Lustiges, FALSTAFF. Da hat noch nie jemand gelacht.

Ich zog meinen Hut. Raucherzeh hielt mich zögernd fest.

Sagen Sie, wie erlernt man so eine Haltung? Ich antwortete artig:

Das kann ich Ihnen in so kurzer Zeit nicht erklären.

Der Revierinspektor sah kurz auf Alabaster, der sich beim Hydranten zerkugelte, er wollte offenbar nur von mir gehört werden, da spitzte er auch schon seinen Mund, schob ihn zu meiner Ohrmuschel.

Wollen Sie, Spazierstockjohnny, zu uns kommen, bei uns eintreten? Können Sie uns beibringen, wie man in der aufrechten Haltung lächelnd Watschen und Tritte, egal wohin und wie lang, übersteht? Wenn die Polizei das lernt, brauchen wir nicht extra die Leut in die Wachstuben bringen. Wir könnten ruhig wie ein Fels dazwischentreten. Spazierstockjohnny, denken Sie jetzt nicht an meine geschundenen Händ, denken Sie ans Gesetz.

Ich bin sechzehn, Herr Revierinspektor.

Raucherzeh dachte nach.

4

Der Laabergraunzer torkelte auf uns zu.

Sie könnten uns dennoch behilflich sein, flüsterte Raucherzeh, ich sah, wie sich seine Ohren im Wind bewegten. Der Laabergraunzer sah kurz auf den ausklingenden Alabaster, tat das Maul auf und sprach:

Auf dem Ziegelteich schwimmt ein dasoffenes Madl, so a junge, gachblonde. Man vermutet, die schaut aus wie früher die Beatrixie von Nummero sieben. Natürlich, da fahrt schon der Chefreporter Zeppelin mit sein Mini auffe.

Ich schaute dem Auto nach:

Ach, Beatrix, süße Beatrix. So schnell sind sie mit dir gefahren, die Glockenblumen und die Wasserflöh?

Plötzlich fing es stark in meinem Bauch zu ziehen an. Alabaster durchforschte mein Antlitz, das ich verbergen wollte, weil es mir den Mund herunterbog und das Wasser in die Augen trieb, aber da schrie Alabaster bereits, sein sämtliches Gesicht schien auf einmal mit einem leeren Irrsinn zu kämpfen:

Der lächelt um den Mund herum! Schauts euch das Gfrieß an! He he he, dreimal vier ist Donnerstag, hehehe! Schauts euch den da an!

Die anderen und er stierten mich an, und ich erschrak bis tief in meine Seele.

Die sehen meine Tränen nicht. Die glauben, ich lach. Aber verdammt verdammt, ich lach nicht, und die Menge, der ganze Auflauf, sah aufrechten Ganges mich entfernen, sah das Lächeln um meinen Mund spielen.

Da ging ich. Ich betrat den Ecknwirt. Leopold, ein Seiterl, Leopold, ein Seiterl. Abend kam und Nacht, ich schüttete das Bier auf den Tisch, und die Menschen wichen zurück vor mir. Die Ziegelbrenner begannen gruppenweise zu brüten. Es war ein Heiliger Abend wie schon lange nicht am Laaerberg. Ein Stern dritter Ordnung beleuchtete allein und seltsam die wildesten Gstätten.

Ach Gott, damals war ich jung, eben erst sechzehn. Ich bezahlte. Leopold gab mir die Hand.

Servus Spazierstockjohnny.

Servus Leopold. Verstehst mich?

In meinem Wirtshaus versteh ich alles, Spazierstockjohnny.

Damals verließ ich den Süden für viele Jahre, bis heute.

5

Hier am Laaerberg bleib ich stehn. Die Sonne brennt hier besonders in die Häuser hinein. Bald werden die Leute mich beim Ziegelteich treffen. An der Stelle, wo Beatrix herausgezogen wurde, werden viele Leute unruhig verharren mit mir.

Raucherzeh und seine Gehülfen werden zwischen den Leuten dezent herumgehen, bis der Befehl vom Revierinspektor kommt, den alle befolgen müssen:

Hosentüren schließen, auch du, Laabergraunzer und Mützen ab! Vorwärts!

6

Spazierstockjohnny wird ein Bad nehmen im Teiche
am letzten Donnerstag seiner Geschichte.

Herzinfarkt

Er holt sein Herz aus der Hose und klopft. Hinter der Tür ist Gebrüll zu hören. Wir haben drei Viertel zwei. Nachmittag. Altweibersommer. Ihm fällt das Herz in die Hose. Äußerlich sieht er noch besonnen aus. In sein Inneres kann kein Mensch hineinschauen, dort sehe ich sein Schlottern. Er kommt auf mich zu, sieht mich feindselig an, streckt mir die Hand entgegen und murmelt: Sie sind es. Ich nicke. Wie spät ist es? Drei Viertel zwei. Er steht mir breitbeinig gegenüber. Sein Gesicht ist verschlossen.

Ich blicke ihn scharf an. Er holt sein Herz aus der Hose und lächelt. Da klopfe ich ihm auf die Schulter: Na also Drachensteiger! Kopf hoch, nichts gefallen lassen, kleiner Angestellter – großer Eigenmeiner, ist es so? Drachensteiger blickt mich scharf an: Haben Sie was zu tun? Das kommt darauf an, wie spät ist es? Zwölf vor zwei. Zwölf vor zwei? Da bin ich in Eile, leben Sie wohl. Ich drehe Drachensteiger den Rücken zu und verschwinde. Niemand kann sagen, was aus ihm geworden ist. Ich bedaure, nicht mehr über ihn berichten zu können.

Drachensteiger klopft an. Hinter der Tür ist nichts mehr zu hören. Es ist still. Sein Herz klopft schneller und schneller. Die Tür öffnet man, das Herz fällt ihm in die Socken. Eine Hand winkt, und Drachensteiger humpelt hinein. Der Geschäftsabschluß ist erfolgreich. Drachensteiger ist ein gemachter Mann. Der Nachmittag schreitet fort, Drachensteiger hüpft heim. Die ganze Familie empfängt ihn. Leisen Schrittes, auf Katzenpfoten, nähert sich der Winter.

Das Gelächter im Bahnhof

1 (Von Tunnél zu Tunnél)

Sie hat ihm nicht zugehört. Seine Wörter enthüllten vieles. Sie döste die halbe Nacht. Hie und da tippte er ihr auf den Kopf, so daß sie aufblickte und ihn anlächelte.

In der Früh war er am Ende. Er begann zu schweigen. Mit den Augen wollte er ein Glas Wasser finden. Sie stand auf, kehrte ihm den Rücken zu und verschwand.

Als sie zurückkam mit einem Coca-Cola, schaute er sie traurig an und soff es aus. Sie bemerkte, wie verschmiert ihre Augen waren. Der Zug kam eine halbe Stunde später. Kein Mensch außer ihnen saß im Abteil. Sie fuhren dorthin, woher ich nichts erfahren habe.

Sie summte, schloß und öffnete das Fenster, von Tunnél zu Tunnél, er schwieg, und er rauchte. Ihm fiel auf, daß der innerste Gehalt der Wörter die Leere ist.

Du sprachst viel letzte Nacht, zwitscherte sie.

Du hast mir nicht zugehört, erwiderte er und schaute beiseite. Jedes Wort ist doch ein Fetzen Bedeutung, so sprach er bitter. Sie lächelte:

Ich bin schon interessiert, du, doch. Weißt du, ich hab geträumt, ich muß alles verstehen oder du mußt es mir erklären, deshalb redest du.

2 (Die dummen Fragen)

Du hast mir nicht zugehört. Alle Dinge haben sich umklammert und hockten ihm irgendwo drin. Wer redet, der will verstanden werden oder er meistert die Dinge, weil er zwischen ihnen schlängelt und keines wirklich berührt.

Mit dir kann man nicht reden, sagt er ihr später, aus dem Urlaub zurück. Sie verschmiert ihr Make-up, sie spürt, wie wichtig es für sie ist, wenn er spricht; aber nie wird sie sich eingestehen, daß es ihr auf den Klang seiner Stimme ankommt.

Ich höre dir nicht zu, das ist nicht wahr, sagt sie unter Tränen. Er beugt sein Gesicht hinunter, sie hebt ihr verschmiertes zu ihm in die Höhe, er sagt ihr zärtlich: Ich weiß, daß du mir zuhörst.

Dann sind sie in ihren eigenen Schattenspielen verschwunden. Er kraulte sich seine Hoden, sie schminkte sich die Augen und warf einige Bemerkungen hin.

Dich muß man fragen, damit du erklärst. Aber du bist wütend über die dummen Fragen.

Ja, ja, sagte er gedehnt und kraulte sie im Nakken.

Ich frage nicht dumm, sagte sie und lächelte unsicher. Du weißt zu wenig, um mir zu erklären, was die Wörter bedeuten.

So? Lies selber! Du kannst nicht einmal ein Buch auslesen, und er nahm seine Hand weg.

3 (Wie ein Ratz)

Schweigend zog er sich die Unterhose über den Hintern. Zigarette im Mund, herrschte er sie an, sie brachte die Streichhölzer. Draußen regnete es Schusterbuben. Ihr Zimmer liegt in der Dämmerung. Da sitzen sie und tun nichts. Sie liest ein Buch – empfohlen von ihm – und nickt ein. Er schaut in den Regen. Nach einer Weile weckt er sie auf, er lächelt freundlich und reißt einen Witz.

Kritisiere mich doch, sagt er. Minuten vergehen, sie spreizt die Beine und empfängt ihn.

Im Innersten der Wörter regnet es ohn Unterlaß. Sie spricht über den gemeinsam angeschauten Film. Indes schläft er wie ein Ratz mit einem »hört hört« ein, und das geschah im sechsten Jahr ihrer Liebe. Ihre Ärsche sind kühl. In zwei Minuten fährt der Zug ein, sagt sie.

4 (In die Ecken)

Ich habe geredet die halbe Nacht über Musik, über Entspanntes und Neues, brummt er und feixt wild in die Ecken des Bahnhofes. Dabei ist er so sanft.

Deine Stimme ist nicht, wie ich sie mochte, sagt sie mutig.

Deine Worte, das alles ist keinen Bahnhof mehr wert, sage ich. Ich schmeiße die beiden an die Wände, die im Eck den rechten Winkel bilden.

Der Zug kommt an, sie sterben im Bahnhof. Ich steige ein.

5 (Und den Sprößling)

Ich schaue auf. Der Tag ist da. Die Story ist fertig; so lese ich sie, nehme meine Frau und den Sprößling. Ich bin hin vor Liebe. Wer niedergeschlagen wird, der ist um eine Geschichte blöder.

Mein Sohn wird sie lesen?

Ich geh aus dem Bahnhof. Mit jedem Schritt bimmelts von den Spitzen meiner närrischen Mütze. Sie sieht mich, sie küßt mich. Dann nimmt sie die Lippen weg von den meinen, beugt sich zurück, bis sie im Rücken kreuzhohl ist und lacht in die Wolken.

Harlekin, sagt sie.

Kluge Kinder sterben früh

Teil 1: Der Betrunkene

Cap. 1 (Anfechtung)

Die Tische tanzen. Ich hebe die Hand. Wirt, sage ich. Ein trüber November.

Du hast genug getrunken, sagt Carola.

Gut, sage ich. Ich hab genug getrunken. Allerdings. Ich hab viel zu genug getrunken. Ich beuge mich vor:

Du bist ein Quatschkopf, Engel. Ich hole mir eine Zigarette raus und lehne mich zurück. Carola steht auf, geht um den Tisch herum zum Mantel, schlüpft hinein, ich schaue hoch.

Servus Quatschkopf, koller ich los. Sie geht zum Ausgang. Wirt, rufe ich.

Alle gehen weg von mir. Auch vom Wirt seh ich bloß den Rücken. Nun kenne ich niemanden in diesem Lokal. Ich schaue auf meine Fingernägel. So ist das also. Ich steh auf, geh hin zur Theke und bestelle Wein. In ana jedn Hua schteckt a Schdickl Natua. Servus Revisionist, sag ich zu einem, geh an ihm vorbei zur Toilette. Drei Leute spielen Billard. Ich schau eine Sekunde zu, schüttel den Kopf und verschwinde. Als ich wiederkehre, ist Klaus da.

Trinken wir einen, sag ich.

Carola traf ich am Ersten Mai. Wir marschierten damals vom Maria-Theresia-Denkmal bis zum Bayrischen Hof. Ich ging links außen und trug eine Fahne, hinter mir ging sie. Sie hatte ein blaues Seidenkleid an und war so schön.

Beim Bayrischen Hof ging ich mit Magdalena zum Niebauer und winkte Carola rein, nachdem ich sie durchs Fenster bemerkt hatte. Irgendwie wurde ich Magdalena los, spazierte mit Carola die Taborstraße rauf.

Ich schreibe, sagte ich.

Das war der Erste Mai der jungen kommunistischen Bewegung. Es war ein schöner Frühlingstag, die Fahnen wehten prächtig im Wind und waren schwer zu tragen. Ich hatte vorher den Umzug der KPÖ angesehen, und Katja, die neben mir im Spalier stand, weinte. Wir waren beide in unserer Kindheit und Jugend immer beim Maiaufmarsch der KPÖ mitgegangen. Wir sahen beide, daß er erbärmlich war. Die KPÖ, sagte ich zu Carola und nahm sie vorsichtig um die Taille, ist effektiv in die Fußstapfen der Sozialdemokratie getreten.

Ich schreibe, sagte ich.

Realisierte Gefühle, sagte ich, ach was. Empfindungen sind es, die mich in die Zukunft blasen.

Darüber schreibst du? fragte Carola erstaunt.

Ah geh, verteidigte ich mich damals. Nur mit den Gefühlen, fuhr ich fort, kann ich was anfangen, die ich noch nicht hab.

Wirst du mich küssen, fragte sie, als wir über die Schwedenbrücke gingen.

Klaus trägt langes, schmutzigbraunes Haar und einen Bart, in den er eine Whiskyflasche einwickeln könnte. In seinen Augen steht der blanke Nebel. Er holt sich ein Glas.

Auf das Bombendasein, grinse ich.

Ich fahre nach Paris, sagt er.

Was tust du dort?

Ich fahre mit Hartmut und Lisbeth. Und vielleicht Kurt.

Ach so.

Hast was geschrieben?

Wir trinken. Ein Affe sitzt auf meiner Schulter und spuckt mir ins Ohr. Die Tische tanzen. Carola kommt zurück.

Es ist so: kannst du morgen, vormittags, daheim sein, weil ich muß morgen am Vormittag die Dingsbums abholen und hab noch immer keinen Schlüssel.

Aber sicher, du Stinktier.

Widerlicher Kerl.

Erinnerst du dich an den Ersten Mai, plapper ich.

Wieso?

Damals war ich doch ein schöner, interessanter Kämpfer, nüchtern und zärtlich.

Du warst, sagt sie langsam, wirklich nett. Der Affe auf meiner Schulter beugt sich vor und schlägt in meinen Solarplexus.

Du mußt gehn, Carola, sage ich. Nur wenigen gelingt es, sich von Mai bis November zu einer Sau zu entwickeln, ohne daß einer was merkt.

Ich habs bemerkt, sagt Carola starr.
Du hast es bemerkt. Bravo.
Klaus stiert mich an:
Also Johnny …
Ja, sage ich. Trinken wir noch einen.

Cap. 2 (Billard)

Mein Affe hat sich wieder auf die Schulter zurückgezogen. Er zieht Klaus eine Banane aus der Nase und beginnt sie zu schälen. Lola und Orion kommen.

Da bist du ja, lächelt Lola und fährt mit der Hand durch die Luft.

Sicher, sage ich patzig. Ich bin immer da, wo du hinkommst, Goldstück. Wenn du wo eine Weinflasche siehst, dann schau ruhig auf einen Sprung vorbei. Guck in die Flasche. Der auf den Korkflankerln sitzt und so lustig rumrudert, das bin schon ich.

Servus Johnny, sagt Orion und streckt mir die Hand entgegen.

Grüß dich, Ludwig. Wieder hier? Mit rasender Stimme:

Nehmt Platz! Rück bissel, Klaus! Setzt euch nieder! Was zu trinken! Wirt!

Lola schaut mich von der Seite an und sagt nichts.

Damals wars Frühling. Lola saß hinter mir auf der Vespa und rief mir ins Ohr:

Frühling ist, Johnny.

Ja, rufe ich und beginne zu geigeln.
Ich fühl mich wie in Italien, schreit sie.
Wir fahren nach Italien.
Nach Rom.
Nach Neapel.
Nach Athen.
Das liegt nicht in Italien. Sie schreit:
Gut, dann nach Stockholm.
Das liegt nicht in Italien.
Ach Liebling, schreit sie. Die Hauptsache ist, wir fahren nach Italien.
Ja, brülle ich und rase um den Praterstern.

Lola streift ihren Freund mit dem Blick, den ich kenne. Ich koller los:

Na ihr zwei! Malst du, Ludwig?

Kaum.

Sieht dir ähnlich. Bist sehr gesättigt, ja?

Er könnt schon mehr malen, murmelt Lola. Orion schweigt und starrt auf sein Glas.

Jaja, sag ich. Er könnte, sagst du. Du sagst das.

Na und, antwortet Lola.

Ist schon gut. Der Affe greift mir ins Aug. Ist schon gut. Ein schöner Hofnarr, denke ich.

Ein schöner Hofnarr bin ich, sage ich. Orion steht auf und geht zum Klo. Ich sehe ihm nach, dreh mich rasch zu Lola hin:

Treffen wir uns, mon amour, frage ich sie rasch. Sie schüttelt den Kopf.

So ist das, nicke ich langsam.

Nicht, sagt sie und schaut an mir vorbei.

Eh nicht, sage ich. Schleich dich. Sie nickt, steht auf.

Wirt, brülle ich.

Orion kommt zurück. Sie gehen beide weg. Sie schaut vom Ausgang zu mir her, wedelt mit der Hand in der Luft. Klaus starrt mich an:

Johnny...

Jajaja, unterbrech ich ihn, da geht meine Lust und mein Leid. Da geht sie schwankenden Ganges.

Du bist ein Trottel, Splitterl. Ich nicke.

Und wie du dir leid tust. Ich nicke.

Jeder muß einmal hinein in die Scheißgasse, sagt Klaus, Ich nicke.

Ah was, trinken wir noch einen.

Ja. Nein. Nanana. Ich gehe rasch raus, vorbei beim Billardtisch. Der Affe auf meiner Schulter wirft die Bananenschale weg. Ich stürze kopfüber in meine Wehmut.

Cap. 3 (Der Affe)

Seit Wochen schon stand Joseph Splitterl zeitig auf und ging in sein Kaffeehaus. Dort saß er dem weißen Papier gegenüber. Um Mittag herum begann er dann mit den Wanderungen:

Durch die Nußdorferstraße wanderte er an einem der Tage, welcher blond war und groß. Die Leute trugen Übergangsmäntel, aber es war noch sehr warm. Vorhin hatte er in der Aida-Konditorei gesessen. Ein paar Burschen, frisch aufgezogene Studenten in braunen Sakkos, kratzten sich, und die Mädels legten die Köpfe in den Nacken und klirrten fröhlich mit den Stimmen. Splitterl bestellte einen Indianer mit Schlag. Als der vor ihm lag, betrachtete er ihn, dachte über die Bezeichnung nach, welche wohl etwas aussagen sollte über das Verhältnis der Wiener zu den Indianern, dann aß er ihn auf und setzte die Wanderung fort. Vorbei am Schuberthaus. Als Kind hatte er häufig aus der Tramway angestrengt herausgelugt, wenn Schuberts Geburtshaus passiert wurde. Die Unvollendete in h-Moll. Schäl dir eine Orange, daß dir der Saft in die Nasenschleimhäute spritzt und du die Orange weglegen mußt. Währinger Gürtel. Nichts wie hin zum schönen Stadtbahnbogen. Splitterl fiel ins Café Grillparzer und aß eine Schwarzwälder Kirschtorte. Der Ober hatte eine wunderbare Glatze, und vom Becken bis zum Hals waltete die Würde des befrackten Transportarbeiters.

Der Affe lehnt sich zurück:

Johnny, du schluchzst mit den Beinen.

Mein lieber Affe, ich renn eben durch diese Stadt, diese gigantische Totschlägerin meiner leeren Träume. Hast du schon Währing, sonnendurchflossen am frühen Abend gesehen? Wo die Währingerstraße einen stillen Knick macht, liegt linker Hand das Café Weimarer Hof, bißchen erhoben, und links vom Café schleicht sich ein Gasserl vorbei, dort kennt mich kein Mensch. Ich bin rastlos, Affe. Du auch?

Servus Johnny, sagt Hugo, ein aus dem Ei gepellter Medizinstudent, mein Verbündeter in der besprechbaren Sprachlosensphäre.

Lad mich ein auf ein Vierterl, Zwergerl, bitte ich mit sonnigem Lächeln und blicke in Hugos Augen.

Ich bin zu klein, um meine Brieftasche zu erreichen, antwortet er mit sonnigem Lächeln und setzt sich nieder. Hast viel getrunken?

Was ich getrunken hab, Kleiner, das trägt die Katz am Schwanz weg.

War also ein Dinosaurier, nickt Hugo. Wirt, ruft er.

Oder die Krottenbachstraße, rüber zum Neunzehnten Bezirk. Den Hügel rauf haben sie zugebaut, schöner Wohnen, Einfamilienhäuser mit Glockenspiel als Türklingel und geschnittenem Grün vor der Nase. Zwischen den Wüstenroterrungenschaften, die ihren Namen nicht von ungefähr haben, schlängeln sich Stiegen rauf ins bessere Villenviertel. Rauf zur Cottage, runter zur Oberkirchnergasse und dazwischen die Kerle, welche sich vor unten fürchten und nach oben wollen. Splitterl aber ging weiter die Krottenbachstraße. Der Abend kam, die Heurigenlokale sperrten auf, er bestellte sich Schmalzbrote und Wein. Niemand kannte ihn dort, außer seinem Affen.

Neustift am Walde, sage ich zum Affen.

Eine Menge Leute kommen an unseren Tisch. Hartmut und Lisbeth, seit Jahren das Paar, schauen synchron zu Klaus.

Willst mit nach Paris?

Klar, krähe ich dazwischen. Weißt Klaus, rieche die Metro bei Vavin, dann tauch auf beim Café

Dôme, und wander den Boulevard Montparnasse hin, fast bis zum hohen Bahnhof, bieg dann aber scharf nach rechts, bis du im Fünfzehnten bist. Geh den Weg, ich bin ihn auch gegangen.

Na und, macht Klaus. Hugo jammert:

Und die politische Arbeit? Seit einem Jahr komm ich nicht weg von da, aber ihr macht, was ihr wollt!

An ihm, sage ich und deute auf Hugo, bleibt alles hängen. Er muß sich abstrudeln. Ich grinse ihn an. Und dann die Rue de la Huchette, sage ich zu Hartmut und Lisbeth. Führt von der Place Saint Michel zur Rue Petit Pont. Gibts eine Buchhandlung drin oder dort in der Nähe. Billiges vietnamesisches Restaurant, alles in dem Kretzel.

Wie schön, sagt Lisbeth und freut sich. Astrid kommt.

Jöh, Johnny ist besoffen. Der Affe flüstert mir ins Ohr: Das Leben ist gefährlich, aber es übt kolossal.

Ach Astrid, sage ich. Ich bin müde. Der Affe kratzt mich hinterm Ohr. Astrid streichelt mich am Oberschenkel.

Gut, sage ich verzerrt. Gehen wir.

Zwischen ihren Brüsten schlafe ich ein, doch mein stinkiger Affe dreht mich um und legt sich dazwischen.

Gute Nacht, murmelt Astrid.

Hm, mach ich. Der Affe wascht mir eine, ich höre die vertraute Stimme der Kindheit, die so lustig ist und gehe schwer k. o.

Tja, ich bin ein Kämpfer.

Teil 2: Die letzten Tage des Joseph S.

Cap. 1 (Wildwechsel)

Ich sitze da und tue nichts. Gestern oder vorgestern sind vier Leute, nähere Bekannte von mir, bei einem Verkehrsunfall verletzt worden. Zum Teil sind sie tot, zum Teil werden sie morgen oder übermorgen sterben.

Hugo hat mir das gestern erzählt, ich habs nicht komisch gefunden. Ich schaue aus dem Kaffeehaus raus auf die Straße. Anfang Dezember, der Tag ist hell und trocken. Ein Hanomag fährt vorbei, ein Vauwe, noch ein Vauwe, ein Opel, ein Fiat, jeder hält sein Rad in der Hand. Vor mir sitzt ein alter Herr in einem grünkarierten Sakko, grauweiße Haare, leichte Speckpolster im Nacken, und spricht über die dreißiger Jahre. Ich vergesse, was er sagt, kann sein, daß es etwas gewesen ist.

Ich bin der Schriftsteller Joseph Splitterl. Ich habe nichts veröffentlicht, außer ein paar Sachen, die nicht der Rede wert sind. Das Publikum applaudiert stark, wenn ich etwas vorlese, denn ich habe eine gute Stimme, und Lola sagt, ich hätte nette Bewegungen beim Vorlesen.

Hartmut sang das Lied vom Roten Wedding. Neben ihm saß Lisbeth und sang mit. Im Heck des Opels befanden sich Kurt und Klaus, ich bin überzeugt, die Namen sagen Ihnen nichts.

»Roter Wedding, grüßt euch, Genossen«, sangen

sie, das Reh sprang auf die Autobahn. In der Nähe von Vöcklabruck gab es einen Riesenwickel. Lisbeth und Hartmut sollen sofort gestorben sein.

Cap. 2 (Das Bombendasein)

Joseph Splitterl hatte schon seit zwei Tagen nicht gegessen. Er ist ein fahriger Mensch, blond und übergewichtig. Seit Tagen geht er ins Kaffeehaus und ruht sich von seinen leeren Träumen aus.

Als ich da so rumsitze, kommt plötzlich Lola rein.

Da bist du, sagt sie und zieht den Mantel aus.

Ja, sage ich. Nimm Platz.

Wie gehts?

Glänzend.

Hast du schon gehört?

Ja.

Schrecklich!

Ja.

Ist etwas? Lola schaut mich an.

Ah geh.

Soll ich mit dir raufgehn?

Wenn du willst.

Gehen wir.

Wir gehn rauf. Oben reiben wir uns Zärtlichkeiten unter die Haut.

Willst du mich heiraten? fragt sie und nimmt mir die Zigarette aus dem Mund.

Gut.

Hast du schon etwas gegessen?

Ausreichend, sage ich.

Da wir beide in einer kommunistischen Organisation arbeiten, reden wir über die Aufgaben, die in der nächsten Zeit zu erfüllen sind. Wir haben sodann beide je einen Termin. Sie geht, ich bleibe. Hugo sperrt auf, kommt rein.

Hast du einen Zehner, nuschel ich.

Er gibt mir den Zehner. Ich drück ihn mir auf die Stirn, dann stecke ich ihn ein.

Cap. 3 (Durchgeschüttelt)

Ich nehme Carola mit mir rauf, schlafe aber sofort ein, so daß sie enttäuscht war.

Donnerwetter, denke ich in der Früh. Da ist ja Carola. Ich stupse sie wach und hole nach. Dann geh ich sofort ins Kaffeehaus. Vor mir sitzt der Herr mit dem Specknacken und redet über die dreißiger Jahre.

Ich bin ziemlich ausgeschrieben. Draußen fährt ein Elkawe vorbei. Telefonisch erfahre ich, daß alle vier verstorben sind. Ich weiß nicht, was ich noch soll. Ich schau in die Zeitung. Mir wird übel. Meine politische Tätigkeit ist weit weg von mir. Sie ist bloß notwendig.

Lola ruft an, um mir zu sagen, daß ich ein Arschloch bin. Hugo kommt, setzt sich zu mir und bestellt sich ein Wiener Frühstück.

Ich bin ganz anders, sage ich leise. Ich bin ein engagierter, politisch bewußter Mann, der sehr schön schreiben kann und die Liebe liebt. Ein Mensch mit Herz, Hirn, Hoden, voll innerer Fröhlichkeit.

Kann sein, antwortet Hugo. Oder auch nicht.

Hugo sagte: Dann stand Joseph Splitterl auf, um sich gegenüber Zigaretten zu kaufen. Ich hörte einen Wirbel, und als ich rauskam, lag er neben dem Lastwagen.

Er hats, gab Hugo zu Protokoll, nicht absichtlich gemacht, falls Sie an so was denken. Er war ein nervöser Typ, außerdem hat er was getrunken, das kam schon vor, aber im Prinzip war er ein fröhlicher Mensch.

Weißt du, sagte Hugo zu Lola, nach den vieren auch noch Splitterl. Ich bin erledigt. Es ist absurd.

Ach, machte Lola.

Cap. 4 (Der Tod der Wörter)

Ich treffe Astrid. Sie zeigt mir ihre Zeichnungen.

Zu bunt, sage ich.

Ich weiß eh, entgegnet sie.

Bist du aber ehrgeizig, sag ich vorsichtig.

Wir gehen aus ihrer Wohnung ins Café Hummel. Ich hole zwei Zeitungen, verpasse ihr eine und vertiefe mich in den Sportteil.

Meine Zukunft ist interessant. Jede Zukunft ist sehr interessant. Ich strecke mich und werde dort sein, wo sie jetzt schon ist.

Abends im Stammbeisl treff ich Carola.

Wie gehts, fragt sie.

Glänzend. Ich schweige. Ich lächle.

Nie kommst du mich besuchen, maule ich sie an.

Doch, doch, lächelt sie.

Sehr schön.

Ich trinke Wein. Der Wein kommt. Da ist er. Hugo sitzt am gleichen Tisch und murmelt über Glücksfragen, pflaumt mich wegen meiner Passivität im politischen Bereich an, doch bevor ich ein paar Pointen landen kann, hat er sich von einer Blonden ablenken lassen. Mir solls recht sein. Ich trinke weiter Wein und amüsiere mich mit den Abendgebeten.

Gestern träumte ich vom Tod der Wörter, sage ich.

Es waren einmal die Wörter, die führten Krieg gegen die Kehlkopfschreie.

Lokalchronik

Gegen drei Viertel sechs kam die abendliche Stimmung auch im Kaffeehaus auf. Der gutmütige Hannes Czapka las schläfrig in einem Buch, der dickhalsige Edmund Feixenja hob seine Hand zum Gruß. Die Ober liefen herum; mal so, mal anders, es tat sich nicht viel.

Jetzt kommt Taler. Er steht in der Tür.

Aha, Czapka, schreit er. Czapka hebt die Augen.

Servus, Fritz.

Es ist alles sehr ungut, Taler geht auf Czapka zu. Feixenja läßt seine Hand sinken.

Das Feixenederl ist auch schon wieder da? Mit dem Aschenbecher vom Czapkatisch zertrümmert er dem Edmund das Nasenbein. Die Ober halten an, die Leute schauen von den Zeitungen auf, Edmund Feixenja singt. Eine Türkin kommt und wischt den Boden auf. Hannes Czapka trinkt sein Glas Wasser.

Wahrlich, sagt er, wischt sich über den Mund, das Ungute ist nun mal ungut.

Ein paar Leute sprangen auf und mischten sich in diese Angelegenheit. Die Abendstimmung war da. Der Staat nahm Taler mit. Feixenja wurde in ein Auto gehoben und weggebracht. Sein Hals war zum Zerreißen. Hannes Czapka schlug das Buch zu.

Ich zahle alles, sagte er zu den Obern.

Es wird Nacht. Czapka setzt sich die Brille auf und verläßt das Kaffeehaus. Unter sternenklarem Himmel läuft er nach Haus. Seine Leonore empfängt ihn mit einer Arie.

Laß, sagt er gutmütig. Edmund hats erwischt.

Berger?

Taler.

Tot?

Keine Ahnung.

Essen! Sie trägt Linsen mit Speck herein. Czapka sitzt schon.

Eigenartig, sagt er zwischen den Bissen.

Ich will nichts hören, antwortet Leonore. Er holt sich das Bier.

Zeuge bin ich auch noch. Wenn der Staat nach mir fragt, sag ihm bitte irgendwas.

Wie du meinst, sagt Leonore und trägt die Teller in die Küche.

Nächsten Tag gegen sechs im Kaffeehaus kam die abendliche Stimmung auf. Taler stand in der Tür. Ein Ober ging auf ihn zu. Czapka schaute vom Buch auf.

Nix für ungut, sagte der Ober zu Taler.

Taler dreht sich um und geht. Man staunt. Der Ober bringt den Kaffee.

Was gibts Neues, Josef? fragt Czapka.

Schon gut, antwortet Josef. Wie gehts daheim?

Schweigen Sie!

Selbstverständlich, Herr Czapka. Noch eine Melange? Czapka zögert.

Sehr gern, Herr Josef, sagt er dann gedehnt. Feixenja mit Gipsmaske kommt zu Czapkas Tisch.

Gut, daß ich dich treff, sagt er zu Hannes.

Wie gehts dir, Edmund?

Ha, ha. Sag, sagst du für mich aus?

Kann sein, antwortet Czapka müde.

Du mußt.

Geh scheißen. Dein Hals ist zu dick.

Sag aus, ja? Sag schon aus, dann.

Der Taler wars nicht, ruft Czapka plötzlich. Feixenja starrt ihn an. Was tust du überhaupt da, schreit Czapka. Nirgends hat man Platz. Er schüttet dem Feixenja sein Wasser ins Gesicht: Tschuldige, du, ich muß heim, und verläßt das Lokal.

Zu Hause angekommen – er war gegangen unter sternklarem Himmel –, gafft er auf Leonore, welche unter einem unbekannten Mann hervorlugt.

Jetzt hast du mich ertappt, sagt sie blöde und wirft den Mann ab. Czapka holt einen Aschenbecher.

Zigarette?

Der Mann nickt.

Bring uns Bier, und dann setz dich zu uns, sagt er.

Unter seiner Gutmütigkeit leide ich schon seit Jahren, Friedrich, sagt Leonore, als alles auf dem Tisch neben dem Bett steht. Sie wendet sich zu Czapka: Gibts sonst was Neues?

Ich bin ein Zeuge, antwortet der.

Ach, alles ist doch egal, sagt Friedrich und muß lachen.

Sagen Sie das nicht. Hannes Czapka legt dem

Mann beschwichtigend seine Hand auf dessen Schulter.

Tappsen Sie mich nicht an, sagt Friedrich und wischt sein Lachen unters Zwerchfell. Verschwinden Sie!

Nein, sagt Leonore. Er wohnt da.

Aha. Friedrich zwickt Czapka in die Nase und geht sofort. An der Schwelle läßt er sein Lachen wieder erschallen.

Jetzt hat er nicht einmal das Bier ausgetrunken. Nora?

Was gibts?

Liebst du mich?

Klar.

Nirgends hat man Ruhe, sagt er. Es ist zum Auswachsen.

Das wird sich jetzt auch nicht mehr ändern, versetzt Leonore. Langsam trinkt sie Friedrichs Bier aus und schaut auf Hannes. Der senkt seine Augen.

Eigenartig, sagt er dann. Wegen dieser Zuzzelsilvia so eine Geschichte. Alsdann, wenn der Feixenja seinen Hals nicht vollkriegt... das heißt, wenn diese Zuzzelsilvia mit dem Feixenja als Kropf, ständig...

Du, weißt was, unterbricht sie, ich will nichts hören.

Wie du meinst. Deine Entscheidung, sagt Czapka, und er küßt seiner Schwester die Nasenspitze, und er verschwindet schlußendlich unter der Dusche.

Acht Tage später wurde er ausgeforscht. Da man ihn nicht aufhängen durfte, bekam er halt lebenslänglich.

Wenn er rauskommt, ist er fünfundsechzig, tröstet Friedrich Leonore.

Ja, antwortet sie tonlos, jaja. Seine Pension aber ist weg, doch bei mir hat er weiß Gott immer und endlich Pension. Ich liebe ihn, du Arsch. Sie verlassen das Gericht.

Da der Staat Czapka bei sich hatte, mußte er für Feixenja aussagen. So geschah es. Er tats.

Der Euterschmuser

I

Wie? Sie wollen an mir vorbei zu meiner Frau?

Ich verspreche Ihnen, ich werde nicht an Ihnen anstreifen.

Aber ich mag es nicht besonders, wenn Sie sich meiner Frau nähern.

Das geht mich nichts an.

Sind Sie sicher, daß Sie sich nicht verrennen?

Das geht Sie nichts an.

Aber Sie wollen doch etwas von mir. Sie kommen als Bittsteller. Sie müssen einen Zugang zu mir finden. Sie kommen ohne mich nicht aus. Ändern Sie Ihr Verhalten. Sie erstaunen mich. Sie verärgern mich.

Lassen Sie solche Redensarten. Gehen Sie mir aus der Sonne.

Ich stehe nicht in Ihrer Sonne. Ich stehe in der Tür. Was wollen Sie? Wie heißen Sie? Oh, spreche ich Ihnen zu weitschweifig?

Sie sind doch der Herr Ingenieur Euterschmuser, oder laust mich ein Affe?

Mein Name tut nichts zur Sache. Wer sind Sie?

Samuel K. Bardardach, gestatten. Sagen Sie einfach Sammy.

Oh, Sie scheinen Gefallen an mir zu finden.

Keine Ursache, keine Umstände. Hier zieht es.

Weshalb stehen Sie vor der Tür? Warum kommen Sie nicht herein?

Befindet sich hinter Ihnen etwa eine Wohnung?

Darauf können Sie Gift nehmen. Das garantiere ich Ihnen.

Warum lassen Sie mich nicht hinein? Sie merken doch, daß es heftig zieht.

Treten Sie ein. Sitzen Sie auf den Ohren? Sind Sie unschlüssig?

Ach, Herr Euterschmuser, Sie stehen doch mitten in der Tür.

Ja so, in der Tür. Da kann man nichts machen. Oder wollen Sie mich wegboxen, dazu sind Sie zu grün, gewiß doch.

Euterschmuser, Sie widern mich an. Muß ich Sie ausgreifen?

Sammy! Wie spät haben Sie es?

Es dürfte vergeudete Zeit sein. Haben Sie einen Revolver?

Bedaure. Ich habe ihn vor Stalingrad verschmissen.

Wie das Leben so spielt. Schauen Sie, Euterschmuser, er sieht noch recht gut aus. Just an der Stelle habe ich ihn gefunden.

Tja, ich stehe Ihnen wohl in der Sonne.

Das ist vorbei, das wollen wir nicht nachtragen. Derweil stehen Sie in der Tür und sehen sehr mutig aus.

Sammy, meine Kondition ist zum Teufel. Ich erlaube Ihnen ausnahmsweise, sich an meiner Frau zu vergreifen. Kommen Sie, seien Sie nun mal mein Gast. Ich habe reichlich Zwieback im Haus.

Es könnte sein, daß Sie zur Seite gehen müssen. Sie

stehen eigentlich noch immer mitten in der Tür. Ist das Ihr Lieblingsplatz?

Ja so. Ich erscheine Ihnen wohl als unhöflich. Glauben Sie das nicht. Ich bin bloß reserviert.

Das geht mich nichts an. Weil Sie zur Seite gehen, halte ich mein Versprechen. Ich streife nicht an Ihnen an. Auch ist Ihre Haut verhältnismäßig ekelerregend. Reichen Sie mir Ihre Frau.

Ja so, meine Frau. Wenn ich nicht irre, ist sie vor Monaten gestorben.

Das überrascht mich außerordentlich. Ich bin wirklich ein Rüpel. Geben Sie mir das Kondolenzbuch. Jetzt sehe ich erst, daß Sie verweint aussehen.

Sammy, wollen Sie derweil mit Zwieback vorliebnehmen?

Oh, das muß ich Ihnen abschlagen.

Weshalb, um alles in der Welt, beleidigen Sie mich?

Na hören Sie, Herr Ingenieur, reichen Sie mir das Kondolenzbuch. Sie scheinen auf den Ohren zu sitzen.

Sammy, wollen Sie endlich mein Gast sein?

Haben Sie denn eine Wohnung, Euterschmuser?

Warum nicht! Das ist nicht sehr selten.

Ich gratuliere Ihnen. Sie dürften ein Glückspilz sein. Stecken Sie sich Ihren Zwieback gefälligst selber in den Mund, ich habe eine Verabredung, bei der Kunterbuntes auf dem Spiel steht. Leben Sie wohl, Euterschmuser, gehts da lang?

Verrennen Sie sich nicht! Vermeiden Sie Zugluft!

Grüßen Sie meine Hausmeisterin, falls Sie ihr begegnen! Lassen Sie nicht den Kopf hängen! Behalten Sie den Revolver!

Danke. Meine Verehrung, Herr Ingenieur Euterschmuser. Ich nehme Abschied. Bleiben Sie gesund! Trinken Sie Milch!

Trinken Sie selber Milch! Belehren Sie mich nicht! Lassen Sie solche Redensarten!

2

Komm, sagt sie. Sie liegt hinten im Wohnzimmer, sie schnurrt geschmeichelt. Euterschmuser geht nach hinten auf sie zu.

Hopps, jetzt komm ich, brüllt er ausgelassen und macht einen Köpfler ins Bett. Die Frau des Euterschmusers lacht. Rein ins Vergnügen, brüllt der Ingenieur. Schon ist das Nachthemd fortgerissen, schmatz jubelt Euterschmuser, das habe ich doch gut gemacht, drum werd ich auch nicht ausgelacht.

Jöh, ruft die Frau des Euterschmusers.

Bardardach schaut zum Fenster rein.

Nein wirklich, Euterschmuser, die Fenster gehören auch noch zu Ihrer Wohnung? Bardardach steigt herein:

Sie scheinen mich für einen Blödel zu halten. Da lacht die Frau des Euterschmusers verächtlich. Samuels Leberhaken versetzt den Ingenieur in Atemnot.

Glaub nicht, ächzt der zu seiner Frau, daß der Kerl ein Gentleman ist.

Dein spießiger Gatte, antwortet Bardardach, ist bloß ein nodicher Euterschmuser, so ein Neunmalkluger, der mit mir umgeht, als sei ich eine nützliche Erfindung, eine solche wohl, mit der er seine paar Kröten verdient. Nun, du Tatterich, wendet er sich dem Ingenieur zu, was ist der Unterschied zwischen einem Ding und einem Fleisch. Wodurch unterscheidet sich eine Hilfsfigur von einer Persönlichkeit?

Die Frau des Euterschmusers kichert fröhlich auf.

Wie heißt du?

Elisabeth.

Samuel betrachtet ihre Brüste.

Erstaunlicherweise, sagt er ihr ins Gesicht, bist du noch relativ frisch. Mir scheint, du bist eine Haltbare.

Sammy, Sie verrennen sich!

Samuel K. Bardardach holt sich die Frau aus dem Bett. Da er sie einfach fortträgt, muß Euterschmuser eine Weile in sich gehen. Dann wird die Hausmeisterin einen Knall hören, denn in jener Zeit war das Leben so organisiert, daß der Ingenieur seine Niederlage nicht verwinden konnte. Die Einsamkeit des Euterschmusers war so groß, daß er zerplatzte.

Die Nacht der Harlekine

Nackt fallen sie in die Schleier der ständigen Tage. Ich habe Angst vor dem Haus, in das sie hineingehen. Ich eile in den Saal mit meiner, mit dieser Angst. Zurechtkommen heißt es, also sacke ich im Stuhl zusammen, bevor begonnen wird.

Neben mir sind viele, die zurechtgekommen waren. Ich rücke die Krawatte zurecht. Scheiß an, Paula, sie fangen an mit dem Konzert.

A-1. Satz: Gehend

Komm her, sagt das Weib, sie öffnet die Achsel. Der Jugendliche Willi geht hin zu dem Weib.

Und nun? Was ist nun? Der Jugendliche schielt hin zu ihr. Man bietet dir etwas an, du Junger. So nimm, besitze, was kommt, was schon an dir ist.

Hinein geh ich jetzt, sagt das Weib, und schon klebt die mächtige Leda dem Ahnungslosen an der Haut.

Die Mitesser waren gewichtige Gründe, das weiß unser Richter, das wissen wir alle, die unreine Haut, sagt der Arzt, hält den Vulkan nicht in Ordnung, der hereingenommen wurde nach Willis Innengemeinschaft. Da es tagt, gibt es Schwan. Die ständigen Tage sind irgendwo hinten. Der Poet hats bemerkt, so schrieb er es hin.

Willi macht sich klein, aber es hilft keine kleinste

Größe, als Leda, wir wissen, die herrliche Leda, den Mund aufsperrte, und es war ein Lachen in allen Zähnen. Sie freute sich redlich und schob den Neuen unter der Gilde der Väter aus seinem Gewand.

Willi spürt auf seiner Schale was Fremdes. Leda schaut runter auf seine Verheißung. Jetzt so und nun so, lächelt Leda: sie nahm – sich lösend – sogleich seinen Körper zu sich.
Seine Mitesser waren das letzte Geschrei des häßlichen Entleins, Willi rettete nichts von seiner Bewegung. Wissende sprachen vom Lernprozeß zur Ständigkeit.

B-1. Satz: Bisweilen laut

Der Richter denkt nach: Ich werde mir etwas einfallen lassen. Er senkt die Augen und besieht den Jugendlichen Willi. Mit freundlichem Antlitz fordert er sogleich Willi auf, Platz zu nehmen in dieser Freundlichkeit.

Eltern- und Brudermord. Man wirft Ihnen, Herr Willi Tantris, geboren und ledig, Gymnasiast sowie römisch-katholisch, vor, was Sie wissen; und was Sie nicht wissen, das glaubt Ihnen hier kein Mensch, Sie können sich äußern.

Der Ankläger schweigt, auch der Richter wartet, was ein Herr Tantris vor so vielen Leuten meint und bekanntgibt.

Willi erhebt sich. Obwohl er schon dran ist, läßt er sich Zeit mit der Antwort, die Ohren des Landes lauschen gespitzten Bleistifts, ein Husten in einigen

Reihen, ein Rascheln, es tagt die Erwartung, die Stille stillt ihren Lärm, vermerkt der Poet, während die allesumgrenzende Poesie ihre Gesichte verschleiert.

Ja, ich heiße Willi. Guten Tag, die Herren.

Um Gottes willen, der will sich schon wieder niedersetzen. Herr Tantris, bleiben Sie stehen, stehen Sie auf, bekennen Sie sich, ob oder nicht?

Herr Richter, Herr Rat, Willi stand halb, halb saß er, jetzt steht er also wieder, der Richter besichtigt den Mann da unten, der bei ihm fürchterlich Rat sucht, Herr Richter, Herr Doktor Richter, ich bekenne mich – Sie kennen mich stärker – zum Wahren und zum Guten, und zum Schönen bekenn ich mich auch.

Ha, ha, sagt die Menge im Land und im Saal, und dieser Herr Tantris hat einen wohlfeilen Scherz auf dem Gewissen.

Schuldig oder nicht schuldig, souffliert der Richter brüllend zu Tantris.

Haß oder Liebe, Leben oder Tod, Tag oder Nacht, Schleier oder Klarheit, Schwan oder Entlein, Mitesser oder Gegenesser, entweder oder, Zeit oder Raum, Gog oder Magog.

Hören Sie zu, Tantris, flüstert dem Willi ein Herr ex officio ins Gesicht, Sie müssen sich bekennen, ob oder nicht, aber zwar nun und nicht dann und hörbar für die, welche daraus sich einen Reim machen müssen.

Redakteure schreiben knapp unter ihrem Grinsen, was ist oder sein mag, auf die Papiere.

Willi fuchtelt mit den Händen. Was hat der zu

fuchteln. Der soll ein paar nötige Wörter nun mitteilen, ärgert der Richter sich, doch er verbarg es.

Ich höre, sagt Willi, was hier getan wird, und werd es mir merken, darf ich mich setzen?

Der Wachmann neben Tantris geniert sich: Die Deppen – wer denkt sich das aus – krieg immer ich, die normalen Verbrecher seh ich grad von der Weiten.

Hi, hi, sagt die Menge im Land und im Saal. Noch nicht, aber bald werden Sie sich setzen, der Richter weist den Tantris aber von seinem freundlichen Antlitz. Ein schwarzes Tuch legt sich auf diesen Tag, denn der Richter kam in den Ärger, und dem Land blieb dies nicht allzu verborgen.

Tantris Willi, bekennen Sie, ob oder nicht, oder schweigen Sie wenigstens prinzipiell. Ich belehre Sie nun. Jeder sieht, ich habe Sie also belehrt, Sie dürfen und können, Sie müssen nicht, also dann, was ist jetzt?

Herr Doktor Richter, ho, ho, sagt die Menge, ksch, ksch, antwortet der Richter, es genügt Herr Rat. Herr Rat, Sie sollen sich nicht meinetwegen zerärgern, ob ob oder nicht, das ist mir egal.

Jetzt hämmert der Richter, falls nicht sofort, lass' ich, sagt er zum Saal, der ruhig wird.

Sans unschuidich oda hommsas tan, der Wachmann neben Willi lispelt.

Das Wahre, Gute und Schöne kann doch nicht unschuldig sein. Tantris fuchtelt mit seinen zwei Händen.

Der Poet registriert die Gesichte der Ständigkeit im zerrissenen Tanz der wohlfeilen Scherze.

C-1. Satz: Liebkosend

Komm her, singt Mamaa, ich kämme dich. Willi gibt ihr seinen Schädel, und Mamaa kämmt, dabei singt sie so schön wie Mamaa. Ich bin so klein, weint der Sohn, aber Mamaa singt ihn vom häßlichen Entlein zum prachtvollen Schwan. Husch ins Bett. Williwilli.

Hinten, als die Sonne zu groß war für kleine Augen, wird ihm das Lied entfallen. Vorne ist freilich nicht viel ohne Schleier.

D-2. Satz: Lebhaft

Willi sitzt im Zimmer daheim. Inzwischen ist die Zeit so vergangen, daß er sich wiederfand über den Büchern, nichts mehr so klar war, als hätte mans eben gespürt und hernach gesprochen.

Neben seinem Raum ist der seiner Eltern, links davon versammeln sich alle zum Essen, und gegen halb acht kommt die Nachricht von draußen ins längst schon bezahlte Gerät vor dem Fenster. Josef Tantris ist älter als Willi, echt Bruder. Er studiert, wie es geplant war, seit kurzem Welthandel draußen in Döbling. Manchmal kommt er viel später, als man es gern sieht, doch es ist die Rede vom studentischen Sosein. Josefine Tantris ist noch Beamtin. In einem der unübersehbaren Gänge eines verdunkelten Hauses hockt sie in einem verkleideten Zimmer und achtet darauf, daß Name und Name sich nicht über

Gebühr vermischen. Josef Tantris, der alte Beamte, ist schon in Ruhe seit zweieinhalb Jahren, hat seine Brille aus dem echtesten Horn und liebt das Wienerlied zu jeder Minute, spielt mit den Herrn, die sehr gern herbeieilen, fürchterlich Karten und schimpft auch entsprechend im puren Spaßohne.

Immer dasselbe, weiß Willi, der Junge. Und da sitzt er in diesem Zimmer, daweil sein Herr Bruder in nächtlicher Stadt mit einem Fräulein in der Dunkelheit schweigt.

Das wird so bleiben, und Willi betrachtet aus spitzem Winkel die Tür hin zum Wohnraum. Waunn da Heagot ned wü, hüfd des goa nix, resigniert ein älterer Herr aus einer Konserve. Tantris junior greift zum Buch: Heute ist Mamaa gestorben oder auch gestern, ich weiß es nicht, beginnt es, und so geht es auch weiter, der Abend vertaucht sich in einen Schimmer, als ob schwarze Vögel die Antennen des Fernsehens ersetzen und bedächtig begännen, ihr greuliches Gefieder zu putzen.

Ach, seid nicht so laut mit den ewigen Liedern, doch gleich ists halb acht, der alte Tantris wird die Nachrichten als Zeitstrom im Bildlauf schalten und walten, und die Welt ist im Zimmer.

Auf einer schwarzen Tafel, an die Schnalle der Tür gehängt, steht wie vereinbart die Inschrift gekritzelt:

Bin mit Luise im Klub. Komm gegen 22 Uhr 15.

Hedwig hat ihn ein bissel beachtet damals im Kaffeehaus. Er kam zu ihr und sprach, obgleich sein Zögern sich ständig bemerkte: Ich heiße Willi. Ich bin Hedwig, was tust du? Ich lese recht viel, doch ich gehe schon auch ins Museum am Sonntag. Ich möchte das mit dir tun. So gehn wir nächsten Sonntag. Wir treffen uns dort, wo Maria Theresia die Hand ausstreckt, gerade darunter. Du kennst es? Ich weiß es. Hoffentlich kommst du. Warum sollt ich denn nicht dort sein, ich war schon lange nicht im Museum. Ich lese »Der Fremde«, das ist gut. Ich kenns nicht. Wenn ich fertig bin damit, dann borg ich dirs sicher.

Mark sagt dem Willi: Weißt du, mein Freund, du bist viel zu verschlossen und ernst. Was will so eine Kleine, die Hedwig steht sichs aufs Lachen und Tanzen und Schmusen; dauernd so Bücher und komische Gedichte aus dem Gedächtnis.

Ich brauche, sagt Willi zum Großen und sehr Erfahrenen, zu meiner Phantasie etwas, worin sie ist, was sie ist, nämlich ohne besondere Schwere.

Der Poet hats bemerkt, so schreibt er es hin: In aller Zeit gibt es Gespenster wie dich. Ohne wirklichen Saft ist so Phantasie, ein Gespinst ohne Wirkung, irgendein Schas in den Wolken, ein verträumtes Gemecker.

Du bist mir sehr fremd, Mark, und weißt viel mehr von dem, was man zu wissen hat, um zu erfahren, wie man das tut, was einem dieses Spannen in der Empfindung entfernt.

Mark raucht vor sich hin. Hast du schon eine Frau gefickt, Willi? Natürlich noch nicht, du hast ja auch eine Haut, als wärest du gestern der Fut deiner Mutter entschlüpft: Es ist sicher, du mußt dich häufiger waschen und pflegen, und diese Mitesser und sämtliche Pickel im Gesicht mußt du aufzwicken, sonst graust sich eine jede.

Da hat einer noch nicht, da will einer, mit dem Gesicht und solchen abstehenden Ohren, kommt einer daher und will ein Haftl machen, man fragt bloß bei wem, den nimmt seine eigne Mutter höchstens mit Zangen, wer faßt so was an, ein Teil von so einem lächerlichen Habitus bringt die Weiber zum Lachen, wenns gut geht, die lassen ihn ran, damit er denen den Harlekin macht mit dem Gesicht da aus Milch mit der Haut darauf, mit den schmutzigen Zähnen, der soll sich von dannen... Willi ging, da Hedwig vergaß, nicht ins Museum, er verlief sich statt dessen in den Wäldern der Stadt. Keineswegs weint nun der häßliche Willi, sondern er stand vor den Bäumen und sang aus eigener Kehle: Mei Muada woa a Weanerin, drumm hob i Wean so gean.

Abends kehrte er heim, doch der Vater hielt eine Rede vor versammeltem Haus.

So gehts nicht, sagte der alte Tantris und, schau, wie Mutter sich verstohlen Tränen aus ihren Augen herauswischt, du solltest dich schämen.

Willi ging in sein Zimmer, und nun liegt der junge Tantris auf dem Bett, er sieht, wie zur Ruhe sich begibt die ganze Familie; der Bruder liegt schon längst in seiner mählichen Ecke und schläft sich irgendwohin. Heute ist Mamaa gestorben oder auch gestern, wer weiß das schon?

Aber Willi birgt seine Unschuld wie ein Kleinod unter der häßlichen Haut, der schönsten für Tantris; so träumt ers also.

F-2. Satz: Scherzo

Weil die Traurigkeit zittert, weil sie bebt, bemerkts der Poet, aber was er auch einschreibt in seine Distanz zum Tantris, es macht ihn lachen. Es lacht der Poet, er kann sich grad noch verbergen im Husten.

Vorne ist dem Tantris der Minnegesang der Vergangenheit; er schreitet in starker Spannung in seine Verjüngung.

Vorne ist dort, sagt sein älterer Freund Mark, wo ich dich gar nicht kannte. Weißt du noch, Willi? Nein, das weiß ich nicht mehr.

Durch die Wollzeile samma gangen und ham den Leuten aufs Hosentürl gschaut, und des woa a Hetz.

Stimmt, stimmt, ja, ja, kaum waren die Leute vorüber an uns, begannen sie heimlich zu sich hinunterzunicken.

Was du immer für Ausdrücke hast. Du liest zuviel durcheinander. Mark raucht vor sich hin. Naja, vorne ist eben vorbei.

Oder es kommt, Mark, oder es kommt. Du, mir scheint, du bist viel zu robust für eine wirkliche Liebe.

Von mir aus.

Vorne wollte ich dauernd einen Totenkopf zeichnen anstatt einen Weiberschädel. Jetzt aber, ab nun, werd ich mich nähren von Waldbeeren und Wurzeln, und hausieren werd ich gehen mit meiner Phantasie. Eine stolze, gleichgesinnte Frau wird neben mir bleiben, und so werden wir eine Fremdsucht empfinden nach uns:

Ich hab einen blödsinnigen Haß in mir, der ist schön: Weißt, im Wohnzimmer auf den Wohnzimmertisch springen in einer Strumpfhose, sodann in die Eierspeis meines Vaters treten, mein Mutterl bespucken, und vorm Fernsehkasten beim Fenster meinem zufälligen Brüderlein fein anstatt einer Hindin hinopfern, und diesen roten Fleischtod der Göttin der Jagd darbieten; höchstpersönlich will ich hintreten vor sie, falls sie nackt und so schön ist, ihr meinen Bruder zu Füßen legen, aber da bleiben keine Sterne freiwillig im Himmel, und wenn, dann hol ich sie runter, damit ihre Blöße entdeckt wird im heiligen Verbergen der Blöße, und dann, ja erst dann beginn ich sie anzuschaun, und ich schau in ihre Augen, jetzt schwimmt in ihnen meine Fremdsucht, darin ich mich sehne nach mir zurück dort vorne, und das ist wirklich die Liebe auf den allerersten Blick. Da zergeht dieser irre Haß auf weiß ich wen oder was... Ich steige friedlich aus der Eierspeise von Pappa, meiner Mutter verzeih ich, das große Brüderlein versetz ich nach Döbling, und die Hindin?

Nun Tantris, was war mit der Hindin?

Die Hindin... Willi sucht nach dem Schatz einer

abwärts geronnenen Melodie, ich glaube, die Hindin ward über Nacht zu einer Schwänin.

Glauben heißt nichts wissen. Bündig entschließt sich ein nimmermüder Lehrer zum Abschluß seiner Lehre. Also: Glauben heißt nichts wissen, also Tantris!

Ich glaube, glauben heißt nix wissen, vermutet Willi. Die Mitschüler lachen, der Lehrer entwickelt in seiner Lehre die Grundbegriffe der Lehre, er korrigiert den Tantris: Wisse! Glauben heißt nichts wissen, also Tantris?

Glauben heißt nichts wissen, Herr Lehrer.

Also, was war mit der Hindin, Tantris?

Sie wurde geopfert, Herr Professor Lehrer.

Nun ja, das genügt nicht. Du weißt es immer noch nicht?

Der ist nimmermüd, Willi, sagt sein älterer Freund, stell dich blöd. Willi schließt die Augen und sagt mit tödlichem Ernst in der sechsten Klasse Gymnasium:

Statt Iphigenie für Artemis, weil, wenn nicht Iphigenie, ein trojanischer Frieden, kein Wind für Agamemnon, weil beleidigt die Göttin, diese als Strafe bis Iphigenie, Agamemnon entschloß sich, Wut von Klytemnästra und Achill, Barmherzigkeit der Gekränkten, also die Hindin. Iphigenie nach Tauris, klassisches Drama von Goethe, dann... dort... interpretier ich Schuldverschlingungen, Mord und Totschlag wegen einer beleidigten Göttin, man soll nicht jagen, im Haus des Henkers spricht man nicht vom Strick.

Bis auf die Interpretation hast du alles sehr gut gewußt, der Nimmermüde freut sich, aber letzteres ist ein Glauben; es heißt aber bündig bis zum Läuten, daß die Lehre gelehrt werde, sonst steht man vorm Nichts.

Wissen heißt nichts glauben respektive alles glauben, was Wissen heißt, denkt sich der Willi.

So beschließ ich nunmehr, mich täglich zu duschen und mich zu nähren von Beeren und Wurzeln, bis mir diese eine Fremdsucht in Liebe umschlägt, vorher nichts zu unternehmen, sondern sogar den schon immer wieder aufsteigenden Haß, der so spannt, ins Schweigen des Körpers einzuschließen, und also zittert die Traurigkeit sich ins Zentrum der Sinne.

Der Poet registriert ein Erdbeben in der Nähe seines Gegenstandes. So schreibt er es ein in die Haut seines Helden, und da lacht es und tanzt es auf Wohnzimmertischen, ganz tief im Zentrum eines unschuldigen Vorne, wohin der maskierte Willi sich nunmehr verjüngt.

Vorne ist dort, sagen Wissende, wo die Schleier tanzen und die Scherben des Plusquamperfekts ihr Wasser lassen; hinten hat Willi ein Tau von einer unständigen Liebe, vielleicht, weil sie nicht außer uns tagt, da muß doch ein Halt sein.

Im Prozeß der Verjüngung faulen die Mitesser ab. Ein Gelächter kommt zufällig zum Stehen.

F-3. Satz: Mäßig schnell

Bevor es tagt, ist die Ruhe sprichwörtlich. Der Poet vergißt seinen Text.

Der Hurenmond geht auf, einige Amis lümmeln in seinem Gestein. Die übrigen setzen sich in die Zeit und verspeisen ihre eigene Zukunft, so daß sie die, weil sie so fad schmeckt, mit dem dummen Salz salzen.

Der Poet sucht einige Stellen bei Tristan und Isolde zum Zitieren. Jetzt hat sich Willi Tantris maskiert, so daß der Poet unruhig die Gegenstände seiner Phantasie absucht nach dem Produkt seiner selbst. Aber das verschwand schon hinter den Ecken in deiner Wirklichkeit, du Zuhörer und Partiturenentzifferer. Vielleicht hockt er in deinem Geschlecht, ich habs doch nicht und nicht derart gemeint!

Tristan und Isolde nähren sich von Wurzeln und Beeren, nachdem ein Liebestrank sie in die Hörigkeit gebracht hat. Lange ists her. Seitdem versteckt sich Tantris hinter papierenen Wänden und verteidigt seine Souveränität mit einem routinierten Lächeln.

Das Wahre wollte unschuldig sein und sich verbünden mit der Ewigkeit, doch die Ewigkeit hat abgewunken, so daß das Wahre in Zorn geriet und die Ewigkeit erschlug und schuldig wurde. Bald danach sind die Gläubiger ungeduldig geworden, so daß sich das Wahre wesentlich zu verkaufen begann. So veräußerte es alle möglichen Zeiten und arbeitete schließlich die Ewigkeit auf. Die Amis springen am Mond herum.

Und der Mann im Mond war unsres Wissens der einzige Mann, der nichts begriff und heruntersauste zu den Erdenmeeren und einer Frau nun erklärt am Strand ohne Menschen, daß er sie anbetet. Der Poet ließ die Knöchel der eignen Hände knacken und fiel in den Tonfall des Wahren: Tristan erschlägt einen Riesen, das ist nicht so einfach. Tantris steht seiner Gestalt gegenüber und greift nach dem Messer.

Das Wahre ist dies, es ist Ware, es zirkuliert, zirkuliert und schlägt zu, wanns ihr paßt.

Tage später findet der Poet den Willi dort, wo er gesteckt hat, daheim beim vertrauten Licht auf dem Bett.

Guten Tag, sagt der eine. Ja, ich bin etwas verändert. Willi zeigt seine samtene Haut, er führt seinen Körper vor, wie dieser sich gekonnt bewegt. Die sparsame Geste der Sicherheit, der Brustton der Bestimmtheit, lässig hält Willi seinen Kopf in einer angedeuteten Schräglage. Der Poet geht schlafen, gute Nacht, sagt der andere.

Ich heiße Leda, ich. Sehr erfreut, Tantris.

Sie haben einen schönen Blick, Herr Tantris. Gehen Sie ins Museum, Herr Tantris?

Nein, Leda.

Sondern. Sondern?

Sie beißt nicht, sagt Mark. Brings ihm bei, flüstert Mark der Leda zu und wirft seine Freundschaft zwischen ihre Schenkel.

Das ist fortschrittlich, denkt der Poet. Langsam geht ihm sein Text ins Gehirn. Aber bedenke, das Wahre ist schuldig!

Die Amis landen im Atlantik; eine unschuldige Seele sehnt sich derweil heimlich stets nach einer Ahnfrau.

Der ist nimmermüd, sagt ein Kollege seinem Kollegen, und er zeigt auf einen Arbeiter, der sein junges Gesicht im Bauernschnapsen sucht und sein Wirtshaus seltener wechselt als sein altes Leben.

Das Wahre zirkuliert, Willi findet sich in seiner Samthaut zu eng. Das Wahre wäscht seine Schuld in den Händen des Tantris. Es geht die Tür auf, mit dem Wind kommt die Mutter und krächzt den Willi mit liebender Stimme zum Abendbrot.

So blöd hat uns das Privateigentum gemacht, daß wir nur das unser eigen nennen, was wir besitzen. Also ißt Willi sanft seine Eierspeis. Was er besaß, ist in ihm. Die Zeit ist im Bild.

Tantris schreibt an die Tafel mit Kreide: Bin bei Mark. Komme um zweiundzwanzig Uhr fünfzehn.

Die Party ist nichts Besonderes. Doch da, lausche, Hörer und Seher, lausche, da biegt die Leda, die herrliche Leda, ihr wisset, um die Ecke, und Tantris weiß ganz gewiß: das ist das Wahre.

Glauben heißt nichts wissen, registriert ein müder Poet, und er fällt in den Schlummer, so daß auf dem Nachtfeld der Träume die Schleier tanzen, und die Hurenpsychologie ihr unendliches Loch in der Ständigkeit verzahnt: Komm schon, du geiler Schwan, sagt mit krächzender Stimme ein liebendes Weib.

E-3. Satz: Feierlich

Erinnern wir uns: Als Tristan im Sterben lag, in diesem Zustand, wollte er nochmals anschaun Isolde mit den goldenen Haaren. Bei ihm jedoch war eine Frau nur deshalb, weil sie auch Isolde hieß, aber sie hielt nicht aus neben Isolde mit den goldenen Haaren, denn kein irrtümlicher Liebestrank vermittelte sie mit dem, den sie liebte auf eigne Art.

Tristan hatte es mit den Namen. Erschlich er sich dereinst nicht den Zutritt zu Isolde Goldhaar als Tantris der Narr?

Also hing er auch sein sinnliches Mäntelchen nach dem Gleichklang der Namen und gab sich ab mit Isolde, deren Haar nicht golden war, da seine Goldene nicht erreichbar war für Tristan.

Die ungeliebte Isolde nannte man schlicht Isolde Weißhand; bei der also, erinnern wir uns, der todkranke Tristan sich einrollte, um zugrunde zu gehen, aber vorher wollte er ansehn nochmals Isolde mit den goldenen Haaren, also:

Boten schickte man aus, und Tristan kämpfte gegen den Tod, indem er wartete. Er befahl der Isolde Weißhand, die ihn aufopfernd pflegte, beim Fenster hinauszuschauen, ob die mit den goldenen Haaren schon am Horizont der See erscheint, und es ward ausgemacht, daß falls sie kommt, das Segel weiß wie die Unschuld aussehen solle, aber falls sie nicht kommt, die Boten das Segel schwarz wie die Trauer herzeigen müssen.

So mußte die liebende Weißhand nicht nur den

siechen Helden pflegen, sondern sie mußte auch andauernd aufs Meer schauen.

Als dann das weiße Segel auftauchte am Horizont und Tristan fragte, welche Farbe hat das Segel, da sagte Isolde Weißhand zu sich: Mein Haar ist nicht golden, aber vielleicht hat die andere Isolde schwarze Hände, die in die Brust meines Tristan greifen, und das halte ich nicht aus. Bin ich ein Dreck, fragte sich außerdem die Weißhand, bin ich ein Dreck, weil ich Isolde heiß wie die überm Meer, die jetzt daherkommt und mit ihrem Goldhaar das Gesicht meines Geliebten zudecken wird, bis zum Ende? Hab ich ihn gepflegt und die Liebe auf mich genommen, und stirbt er in Kürze, dann sollen auch meine Weißhände – wie die Unschuld weiße – sein Gesicht bedecken.

Welche Farbe – Weib – hat das Segel? fragte Tristan von der dunkleren Ecke her. Rötlich war das Antlitz der Weißhand, denn die Abendsonne warf ihr Licht auf das Weib, und Isolde sagte mit krächzender Stimme: Es ist schwarz, mein Geliebter, und ihre weißen Hände wurden in Seufzersschnelle die Totenmaske von Tristan. Da brach die Weißhand zusammen. Die Goldhaar erschien, warf sich aufs Lager des Toten und herrschte die Weißhand an: Das ist mein Platz. Und Isolde ging aus der Kammer, verschwand in der Namenlosigkeit. Isolde mit den goldenen Haaren, erinnern wir uns, starb wie gehabt und verband sich als Rose mit der Rebe aus dem Grabe von Tristan.

Das Gute will sich mit der Ewigkeit verbünden und verliert seine Unschuld in der Geschichte. Namenlos blickt es als Stern in die Gegend, und die Zeit borgt sich gelegentlich diesen Blick aus, maskiert sich, so daß in ihr die Gläubiger ihr Leben verludern.

Wann immer mir Zeit bleibt, bin ich das Gute, sagt das ungläubige Wissen. So ist das Privateigentum gut für die Zeit der wissenden Leute, und die eilen auch in den Wäldern umher, in den Städten, und läutern die Häuser und Bäume. Hurtig besorgen sie dann auch den die richtige Haltung gewährleistenden Sessel und schieben ihn blitzschnell unter den Arsch des Tantris, auf daß er nicht bucklig oder gar unterm Tisch sitzt, und gut sitzt er also, verspeist seine Eierspeis, bevor er fortgeht zu Leda.

Ausgezeichnet. Mark freut sich. Leda lächelt. Und die Party wird sogleich anfangen. Nein, sagt der Poet, jetzt wirst du billig. Sondern, wenn das Gute gut ist, dann ist es schon gut.

Ja, es ist ein ausgezeichnetes Gut, sagen seine Besitzer, und unübersehbar sind uns die Guten: wir erkennen sie in der Sonne von hinten an der Art, wie sie die Rücken durchbiegen beim Pflücken der Früchte.

In den Wolkenfeldern befinden sich die Piloten schneller Maschinen. In manchen Nächten fallen die Piloten wie Steine in die Betten der Frauen, und ihre Küsse schmecken nach den Ewigkeiten, die in den Wolkenfeldern daheim sind. Aber die Fernsehantennen, die die Kontinente unterhalten, putzen heimlich die Gefieder. Darum sagt ein müder Pilot seinem Weibe: Weißt, da sitz ich im Herzen eines solchen schwarzen Vogels, und der putzt sich das Gefieder, wenn ich ihm mit dem Knüppel befehl, sich zu erinnern an Auftrag und Gesetz. Was halt den Vogel ausmacht, in dessen Herzen ich sitz, durch die Wolkenfelder hindurch und vorbei. Es ist merkwürdig, diese Vögel sind herzlos.

Deine Philosophierereien sind mir ein Greuel, antwortet sein Weib gehorsam und greift nach seiner Brust.

Wissende glauben, daß die ständigen Tage das Gute heilen, und so ist bewiesen, daß es in der Ewigkeit den Schleier seiner Schuld verzahnt hat. So kann es tanzen im Traum des Poeten, dessen Bösartigkeit offenbaren. Nächsten Tag trägt der Poet seine Ahnung zum Psychologen, bis dieser sein te absolvo murmelt, da der Poet mit dem Tantris gezahlt hat. Er verschwindet in der Erfahrung. Gereinigt verwaltet er als Poet die Häuser der Sprache: ein Priester der Göttin der Jagd. Tantris die Hindin bleibt über.

Ja, ich komme, sagt er zum Weib. Du wunderbare Schwänin. Sicherlich singst du mir irgendwas vor.

Ich habe das Glück erfunden, sagt der Psychologe und blinzelt.

Ich bin das Gute, sagt Leda und wäscht das Blut des Tantris in ihren Händen, und was zirkuliert im Blut?

Ich weiß, die Zuhörer vergessen sofort das Thema, ihre Ohren sind brauchbar, sie können sehr gut zuhören, registriert der Poet.

Ein Kind aber unter den Hörern fragt unentwegt: Wo ist dein Willi? Du hast ja gar keinen Willi? Dann schreit das Kind: Der hat ja keinen Text! Der ist ja ohne! Wo ist dein Text!

Da murren die Hörer. Tatsächlich. Das ist ja gar kein Poet! Recht hat das Kind! Was ist mit der Hindin, schreien sie wildgeworden.

Ich werd sie schon ausgraben, registriert genervt der Poet und verspricht: Ich brech sie schon noch aus den dicken Mauern heraus! Das Kind schreit weiter: Der ist ja ganz nackt!

Nackt? Die Menge hält inne. Ah so, er ist nackt. Und gleich spenden sie ihm Textilien und erfreuen sich an seiner Freude. Ruhe kommt auf. Das Kind schreit weiter.

Raus mit dem Kind, brüllt ein Onkel. Es wird entfernt. Der Poet blickt dem Kind nach, lächelt nervös und denkt sich im Guten: Seine fehlende Ständigkeit wird sich auch noch einstellen, aber ja. Er lächelt verbindlich.

Willi Tantris spricht noch aus seiner Peripherie zu Leda: Sing endlich, flüstert er zu Leda. Doch im Zentrum der Sinne hebt irgendwas allmählich das Haupt und starrt in die Blutbahnen dieses schweigenden Körpers.

D-3. Satz: Tragend

Wenn du Kreide schluckst, singst du, als ginge dein Ton auf blankem Parkett.

Das schöne Entlein ersoff im entspannten Wasser.

Die schöne Helena stieg aus dem Ei, aber der autodidaktische Archäolog grub die Folgen aus türkischer Erde.

Eine andere Tochter der Leda – Klytemnästra – barg im Blut die Raserei nicht sehr lang.

Das Durchgeschnittene ist schön, sagte Alexander der Große, und fort schritt er.

Das interesselose Wohlgefallen und die wohlwollende Neutralität küssen einander höflich: Seht, wie der Louvre an den Wolken vorbeizieht.

Ist der Haß schön? Jedenfalls ist er nichts Niederes bei den Niederen.

Die Gestalt des Negers ist eine Delikatesse. Er tänzelt auf der Bitterkeit der Seele auf Eis.

Die Liebe ist eigentümlich unanständig. Die Anständigkeit aber ist auch herzig.

Es gibt Leute, die glauben, Vulkane entstehn, wo immer sie wollen.

Der Maler malt erfundene Untugenden, die man dann rahmen und aufhängen kann.

Die Ermordung eines Kindes hat keine besondere Würde, oder glaubt man noch immer an dessen spezielle Hilflosigkeit den Gewalttaten gegenüber?

Der Mensch vermag dem Gegenstand sein inhärentes Maß anzulegen, er formiert also auch nach den Gesetzen der Schönheit, formuliert Karl Marx, so daß sehr schön der Mensch es vermag anzulegen der Ewigkeit ihren inhärenten Haß.

Das Schöne ist schuldig, das ist das Interessante an ihm. Ich sehe es noch nicht, sagt Willi Tantris, aber die Schuldigkeit ist wohl im Kommen, und ich mag sie sehr spüren.

C-4. Satz: Schleppend

Als er ging zu Leda, da ging die Psychologie mit ihm. Siehe, ihre Stimme war sanft, als er versuchte einzugehen bei ihr, und in ihren Augen sonnte sich die Lehre von der Weitergabe zielgerichteter Aktionen und Rituale. Er bot ihr den Kopf, auf daß sie ihn kämme, denn je strömte ein Lied von vorne durch seine Blutbahn, aber sie begann den Kopf zurückzubiegen und nahm sich das Gewordene. Plötzlich floß das Sperma. Da tobte Tantris im Geschrei der Täuschung, doch Leda gebot Ruhe. So mußte er eingehen in die beste aller Öffungen dieser prächtigen Straße.

Ich bin sowohl wahr als auch gut und sehr schön, behauptete Leda, und so singe ich dir das Liedchen von der endgültigen Lust:

Falls du eingehst, Tantris, du Junger
So gib deiner Mannbarkeit eine brauchbare Dauer
Damit die vor dir liegt erfaßt wird von altem
Begehren

Dann komm, he, komm schon
Ich schrei nach dir – du
In einer Sekunde bin ich auf und davon
Kukurukuu – Blut ist im Schuh
Kukurukuu – Blut ist im Schuh

Wenn die Lust entgültig wird, dann hast sie
gemacht
Nimm, Tantris, was kommt, komm stoß mich zur
Hölle

Jetzo erstarr ich, ach du bist ein herrlicher
Dingsda
Dann komm, he, dann komm schon
Ich schrei nach dir – du
In einer Sekunde bin ich auf und davon
Kukurukuu – Blut ist im Schuh
Kukurukuu – Blut ist im Schuh

Nun ist Schluß du plötzliches Kind
Kannst du nicht warten, bis ich es sage?
Du bist ein Lieber, jetzt gehe nach Hause
Dann geh, he, dann geh schon
was willst du, gib endlich Ruh
Tantris, Sie sind doch ein achtsamer Sohn
Kukurukuu – Blut ist im Schuh
Kukurukuu – Blut ist im Schuh

B-4. Satz: Gründlich

Stolpert nach draußen, der Hurenmond zeigt seine Sichel, in der Nacht findet er den Weg zur ersten und einzigen Liebe im Schlaf.

Dies lass' ich mir einfallen. Der Richter nickt und blickt sehr bekümmert:

Ich gebe Ihnen, stehen Sie auf, Tantris Willi, zur Belehrung und Abschreckung, nach Anhören der Rede des Herrn Staatsanwaltes, nach Anhören der Einwürfe des Herrn Ex Officio, achtzehn Jahre schweren verschärften Kerker. Alle vier Monate das harte Lager, zum Zeitpunkt der Tat verdunkeln wir nolens volens Ihre Zelle, und zu essen kriegen Sie auch nix. Setzen Sie sich!

Als erschwerend führe ich Ihre Gefühlsroheit ein, als mildernd führ ich Ihr zartes Alter ins Treffen, beides hat sein Gewicht, wird seinen Einfluß auf mich nicht verfehlt haben.

Stehn Sie auf. Sie, Herr Willi Tantris, geboren und ledig, Gymnasiast sowie römisch-katholisch, sind von acht Leuten für ausreichend einstimmig schuldig befunden worden, Ihre Mutter mit einem Gegenstand, Ihren Vater mit einem andern und Ihren Bruder mit demselben vom Leben zum Tode befördert zu haben, und zwar ohne Gemütsbewegung, in voller Absicht, von grenzenlosem Haß beseelt. Links und rechts keine Einwände? Na gut, also Herr Tantris, was sagen Sie jetzt noch?

Willi erhebt sich. Obwohl er schon dran ist, läßt er sich Zeit mit der Antwort. Ein Rascheln in einigen Reihen, ein Lauschen. Die Ohren des Landes sitzen in der vorderen Reihe, gespitzten Bleistifts.

Ich wollte etwas Sinnloses tun. Denn dann ist es wahr, gut und schön.

So so, sagt der Richter, aha, macht es im Land und im Saal, und dieser leert sich, und die Leute eilen zum nächsten Ereignis. Wie ein Lauffeuer spricht sichs herum, ein Irrer habe eine Botschaft angezündet, wer zuerst dort ist, kann noch die Flammen lecken sehen.

A-4. Satz: Finale

Komm her, sagt der Jüngling, und Mutti schaut. Da fährt ein Gegenstand ihr in das Antlitz.

Dreh den Fernseher ab, sagt Tantris zum Riesen. Du hast mir die beste Liebe verleidet, du Scheusal. Da liegt er im Blut und wälzt sich ohne Wollust.

Heute ist Mamaa gestorben oder auch gestern. Wer weiß das schon. Die Liebe aber ist wohl ein Striptease der Nackten. Brüderlein komm, geh zu Pappa und Mama.

Als die Leichen herumlagen, umkreiste sie Tristan. Dann bog er sein Knie und breitete in einer unendlich zarten Bewegung seinen Mantel über die Ahnen. Langsam schritt er zur Tafel und schrieb auf die Tafel der Küche: Bin im Museum. Komme zum Mittagessen.

Willi verabschiedet sich von den Dingen der näheren Zeit: Mark, ich hab eine Frau gefickt, weißt, wie sie heißt?

Du wirst es mir sagen. Mark raucht vor sich hin.

Nemesis. Sie heißt Nemesis. Immer wollte ich einen Weiberschädel zeichnen anstatt einen Totenkopf.

Epilog

Der Poet verläßt das Haus, in der Nacht spaziert er an den feuchten Häusern vorbei und blickt in die Fenster der vollen Wohnungen. Auf den Wohnzimmertischen, ists Täuschung, tanzen die Harlekine. Beim Läuten, bevor sie vorm Nichts stehn, erraten die Tanzenden sich noch, und der Poet sieht, ists Güte, was für Taten sie im Schlummer begehn. Bevor er daheim ist, wo das Nichts ihm den Leib gibt, grüßt ihn ein feister Mann und sagt mit unverbindlichem Lächeln:

Ist erst das Reich der Vorstellung revolutioniert, hält die Wirklichkeit nicht aus. Vögel den Hegel, antwortet der Poet und verschwindet in dieser Schrift.

Nun, ich sags dem Nichts, welches mir das Nachtmahl bereitet aus ausgehungerten Fledermäusen und zornigem Salz.

Scheiß an Paula, die ständigen Tage sind unanständig. Ihre Schleier aber schärfen den Blick fürs Naheliegende. Zurechtkommen heißt es. Ist hinten die Sonne rot genug für gründliche Augen?

Ich begeb mich zur unsanften Ruh. Die Nacht der Harlekine geht auf wie der Germteig einer frühen Mutter.

Ach in dieser Finsternis ist die geringste Freundlichkeit König.

Glossar

Abstrudeln
Sich plagen

Anpflauseln
Anlabern, belabern

Bauernschnapsen
Kartenspiel zu viert

Bsuff
Betrunkener Kerl

Bummerl
Minuspunkte beim Schnapsen

Dasoffen
Ertrunken

Dodel
Dummer Kerl

Gachblond
Wasserstoffblond

Geigeln
Schwankend fahren

Gelsen
Schnaken, Stechmücken

Gfrieß
Fresse, unguter Kerl

Gschirr
Penis und Hoden (pejorativ)

Gstätten
Verwilderter Platz in verbautem Gebiet

Haftl machen
Einen Fick machen

Hetz
Spaß, Gaudi

Kartenbändiger
Kartenabreißer (Billeteure, Schaffner etc.)

Korkflankerl
Korkteilchen

Kretzel
Stadtteil, Kiez

Kuddern
auch: kudern; kindisch lachen

Laaerberg
Hügel im Süden Wiens (Monte Laa)

Laabergraunzer
Laabergnörgler

Muli
Mundgeruch

Nodich
Schäbig

Nusch
Messer

Riesenwickel
Große Schwierigkeit

Schas
Furz

Schnapsen
Kartenspiel zu zweit oder viert

Seiterl
Drittelliter Bier

Steiger
Frauenanmacher

Tau
Schimmer, Ahnung

Trafik
Tabakladen

Waschen
Ohrfeigen

Weh
Versager, schwacher Mensch

Zeiger steht auf halbsechs
Erektionsunfähig

Zuzzelsilvia
Zuzzeln: saugen

Inhalt